DEDICATORIA

A lxs aragonexs del futuro
nacidxs en el siglo XXI,
con el deseo de que se sumerjan
en la naturaleza.

Cuando la conozcan empezarán a amarla,
y a mejorarla,
y su amor revitalizará este planeta increíble.

¡A tapar de verde!

Ediciones Casa el Molino
www.casaelmolino.com
Tobed (Zaragoza)
Info y contacto: jasalanova@telefonica.net
ISBN: 9798842601868

INDICE

PRÓLOGOS

"Hay otros mundos, pero están en este"

Paul Éluard

Una llamada a un lector quizá juvenil, porque hay un mundo que está por construir.

África Terol, agosto 2021

Presentar esta pequeña colección de cuentos escritos por Juan Salanova es más bien advertir al lector para que pueda sentirse cómodo en el universo de este amigo y escritor.

En estos relatos los bichos hablan. Esto no supone ninguna sorpresa, ya que en casi todas las fábulas clásicas los animales hablan; pero no como lo hacen en estos relatos: el idioma mayoritario es el castellano; pero intercalado por término de uso en Aragón, localismos exclusivos de su valle natal (Valle del Grío), abundante jerga de los internautas, fragmentos de poemas y algunas cancioncillas.

Animales de varios órdenes, mayoritariamente mamíferos y aves, pero también reptiles y gasterópodos, hablan y utilizan sus onomatopeyas mediante diálogo directo o telepático, también utilizan sofisticados medios de comunicación pertenecientes a la literatura de ciencia-ficción.

Juan, nos sumerge en unos ámbitos donde se mezcla lo rural, la visión ecologista, el evolucionismo y el futurismo en un casi caos divertido que nos mantiene entre la expectación y la perplejidad.

Nos va intercalando temas que forman parte nuestras preocupaciones sociales: la desigualdad económica, la guerra, el cambio climático, etc.

Pero, mejor será que nuestros amigos abran el libro y se dediquen a pasar un buen rato de lectura de la mano del autor.

Alfredo Martínez, 26 de agosto de 2022

CUENTO DEL ZORRO Y EL CARACOL

(Dedicado a Laida Marina)

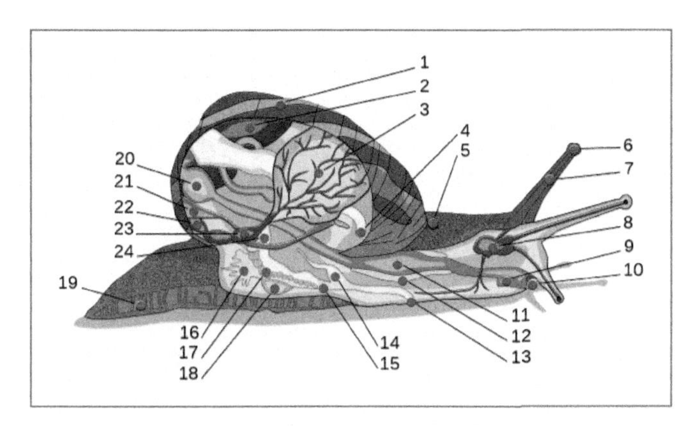

ANATOMÍA DE UN CARACOL DE JARDÍN
1: concha 2: hígado 3: pulmón 4: ano 5: poro respiratorio 6: ojo 7: tentáculo 8: ganglios cerebrales 9: conducto salival 10: boca 11: buche 12: glándula salival 13: poro genital 14: pene 15: vagina 16: glándula mucosa 17: oviducto 18: saco de dardos 19: pie 20: estómago 21: riñón 22: manto 23: corazón 24: vasos deferentes.

Cacol, caracol
Fifí, perrita
Laidamar, niña
Nought, influencer
Renarda, zorra
Reyn, zorrito hijo de Renarda
Verde, youtuber ecologista

- Ma, un cacol - dijo Laidamar asombrada, apuntando a la base del árbol de Navidad.

Sobre el musgo robado a la sierra se paseaba lentamente Cacol, un caracol adulto, no menos asombrado que la pequeña. No era para menos. Lo habían sacado de su ambiente invernal en una oquedad de un risco, protegido del frío extremo por tapiz de musgo estrellado, para llevarlo a un entorno humano falto de humedad, con temperatura hace meses olvidada en la sierra en la que había vivido, y dónde se había roto el ciclo de días y noches, sustituido por un incomprensible enjambre de lucecitas de colores, que brillaban alternativamente, pero sin que nunca se apagaran del todo.

- Nos está llenando todo el musgo de babas - dijo la madre de la niña, cogiendo al molusco con dos dedos y echándolo inmediatamente a un cubo de pedal. Allí se hizo la oscuridad.

- En raro lugar me han metido - pensó el caracol, elevando sus ojos para explorar el extraño entorno en el que le forzaban a vivir ahora.

Desechando los desagradables restos de café y tabaco sobre los que se movía, se dirigió hacia sabrosos manjares que habían tirado al cubo de la basura tras el postre de fruta. Fresas, manzanas, plátanos, sí, sabía bien qué habían comido en esa casa. En el bosque en el que había nacido no había esas delicias. Solo recordaba el mes de junio cuando una lluvia inesperada le permitió acercarse hasta un campo en el barranco donde degustó por primera vez las cerezas caídas, que habían desechado los agricultores en su acelerada cosecha por falta de mercado. Eran otras frutas distintas ahora, pero igual de atrayentes para su fino olfato. que fue archivando en su manto olfativo. Disfrutó como nunca de esos nuevos olores y sabores hasta quedarse henchido. Ahora tenía reservas para explorar ese nuevo mundo al que lo habían llevado los humanos.

Inicialmente no pudo hacer más que subir hasta la tapa del cubo. Por mucho que empujó no pudo abrir, estaba solo y habrían hecho falta muchos más congéneres para sustituir al pedal. Como era costumbre cuando su locomoción se frenaba, se recogió en la concha y se iba a poner a dormir esperando pacientemente que abrieran. Tuvo suerte de que el gato domiciliario se aburría sin sus amos y, como siempre, le gustaba curiosear en la basura orgánica, en busca de algún resto de huesos y carne. Era un espléndido animal que había aprendido a ponerse sobre el pedal de apertura con ambas patas traseras, pingado hacia la tapa, para poder abrirla bien con sus uñas. Luego se metía dentro del cubo a buscar algo interesante, distinto a las odiosas galletas a las que le forzaban a alimentarse a diario.

Cuando la tapa quedó abierta, la luz guio a Cacol hacia el nuevo mundo urbano. En un segundo golpe de suerte logró seguir el rastro de luz de un rayo que atravesaba una rendija de la ventana, dejada a propósito para ventilar la habitación. Para Cacol fue suficiente, al momento se encontraba ya en el alféizar, moviendo hacia los lados su cuello, con los tentáculos bien extendidos y los ojos escaneando el entorno de cemento en busca del verde. Al final de la calle se veía una zona sombreada dominada por grandes moreras. Aunque no estaba cerca, hacia allí dirigió sus arrastres, ya que la paciencia es la virtud predominante de los gasterópodos, y la prisa les es desconocida, a pesar de que pasados dos años son completamente adultos y su muerte puede avecinarse. Pero él sabía que su vida no correspondía a la ciudad.

Tras deslizarse por un canalón de desagüe hasta el suelo y arrastrarse acercándose al máximo a las orillas de las calles, pues las pisadas fuertes de los zapatos preveían su muerte por aplastamiento, llegó a un semáforo. La situación estaba clara. El tiempo allí se dividía entre un momento en que pasaban a lo largo de la calle una masa continua de coches, y un momento de parada del tráfico, cuando los zapatos se movían a través de ese mismo espacio. ¿Quedarse allí oculto en la concha? ¿Pasar con los peatones con el riesgo que lo escacharan?

Hizo lo más sensato, proporcionarse un buen sistema de transporte. Junto a él, una mujer con maxi abrigo hablaba continuamente, sin dejar participar a la otra parte, a través de su aparato móvil. Era una verdadera diarrea verbal, un ejercicio maxilar que le permitía rellenar a diario su vacío existencial. Cacol se subió al abrigo y esperó. Cuando la conversación se cortó, la mujer miró a ambos lados y se decidió por un café en el bar de enfrente. Cacol pasó agarrado a la ropa y no se bajó de allí hasta que el abrigo yacía plegado en una mesa del bar frente a la mujer, como su única compañía. Después miró a los árboles y se decidió.

Cuando Cacol llegó al parque era ya de noche. Los aspersores aportaban humedad extra a la hierba, animando a salir a los animales que allí residían. Fueron los mismos caracoles los que le impidieron la entrada.

En cuanto los dardos de atracción de un par de caracoles se vieron rechazados por la piel de Cacol, quien sufría al sentir que le pinchaban en su carne, se oyeron los gritos de alerta de la colonia.

- Es un 2, un 2. ¡Echémoslo de aquí!

Los caracoles del parque eran los típicos hermafroditas con fecundación cruzada. No aceptaban a un caracol sin orificio reproductivo, no comprendían cómo podía existir tal ser, incapaz de poner huevos.

Una fila continua de conchas adultas y cuellos elevados se abalanzaron hacia Cacol, intentando morderle los ojos.

- ¡Vete de aquí, vete! ¡Aquí somos gente normal! ¡No queremos parásitos! ¡Fuera!

Cuando los caracoles urbanitas vieron que Cacol giraba en su desplazamiento, alejándose de la hierba, se detuvieron, quedando expectantes por si a ese extraño caracol se le ocurría volver.

- ¡Qué extraña sensación! ¿Tengo que poner huevos? ¿En qué me diferencio de los demás' ¿Por qué 2? ¿Ellos son 1?

Aún no sabía que los caracoles de su tierra eran hermafroditas. Y que, además de sus orificios para respiración y digestión, se reproducen entre ellos intercambiando sus vaginas y penes que todos tienen, a través de un poro genital, del que carecía Cacol, que es estimulado por los dardos que se tiran entre ellos. Después de aparearse, todos ponen huevos, que entierran en hoyos húmedos bajo tierra.

No le quedó mucho tiempo a nuestro caracol solitario para reflexionar sobre su anatomía distinta a los demás. Un escobón lo echó a un recogedor y, tras un volteo rápido, cayó al contenedor que manejaba el basurero.

- ¡Otro bicho baboso en la calle! ¡Qué asco! Y aún hablan esos ecologistas…

Aquella noche, viajando en camión Cacol supo que la ciudad no era para él. Pero pronto descubriría el submundo urbano, las cloacas del consumismo. El camión se detuvo y vació en la escombrera su carga de ese día. El pobre caracol, rodeado de un mundo desconocido que habían fabricado los humanos para después tirar, tuvo suerte de caer dentro de una lata que rodó veloz hacia abajo, separándose de la gran masa deforme de vómito urbano. Cuando la noche se hizo silencio, decidió salir de su refugio improvisado a explorar la cuesta a la que lo habían llevado. Ante él se extendía un enorme acantilado, la más desoladora imagen de lo que habían sido aparatos electrónicos adictivos, variados contenedores de líquidos de agua con azúcar que servían a los ciudadanos de bebida cuando no tenían sed, o de venenos que alejaran la naturaleza de la vida plastificada, toda una serie de tejidos orgánicos podridos y malolientes, restos de papeles que en su día de gloria atraían a comprar… en fin una visión apocalíptica de lo que fue brillo y ahora había quedado reducido a la nada, nidos de ratas, culebras o lombrices, un nuevo lugar de vida animal, una inmensa pendiente hacia el río, que lo iba deglutiendo como podía.

- Eres nuevo aquí, ¿no? – le dijo otro caracol, un caracol gigante africano, tan grande como una mano humana – ¿De dónde vienes?

- ¿Yo? Vivía en la montaña, dormía mi invierno, pero me arrancaron con el musgo y después todo han sido desgracias para mí en esta ciudad. No me aceptan ni siquiera los otros caracoles.

- El rechazo al recién llegado es general, menos aquí. Me trajeron de mi continente como juguete, pero en cuanto se cansaron de mí acabé en este paraíso de escombros.

- ¿Paraíso llamas a esto? Con ese olor, ni un árbol ni una flor…

- Ese olor nos da la vida. Ya verás.

Entonces oyeron la voz de las ratas.

- ¡Fruta podrida, muchas manzanas y peras! ¡Venid!

Sin entender muy bien el interés por esos productos, ambos caracoles fueron subiendo hacia el lugar indicado.

Al llegar al lugar de reunión, encontraron a casi todos los pobladores de la colonia. Las ratas ya estaban hartas del alcohol en el que se había convertido la glucosa de la fruta, y bailaban en corro, golpeando rítmicamente la cola.

- Ya bajan manzanas y peras
Pa' las reinas de la escombrera.
¡Hermanos, venga, bailemos,
Ya hasta que nos hartemos!
Y tú bebe lo que quieras
Que viene la borrachera.
Va, muévete, bailando
Con el ritmo de fandango.

Cacol se quedó impresionado de ver tal vorágine de animales que saltaban alegres y hacían todo el ruido que podían en aquella fiesta improvisada, desde chillidos de ratones a graznidos y aleteos de gaviotas, golpes con latas de los gatos salvajes y siseos de culebras. Se había organizado la más disparatada reunión amistosa de animales. El caracol no había pensado que animales tan dispares pudieran ser amigos.

El caracol gigante había levantado la cabeza y balanceándola al ritmo de la música improvisada se dirigía decididamente hacia la escorrentía de jugos de frutas.

- ¿No será peligroso acercarnos a las gaviotas? – inquirió Cacol, precavido.

- Hoy no, es fiesta. ¿No ves? Ha venido Renarda. Mírala arriba, bajo la luna.

En la parte más elevada del talud, dominando el espacio, reconocida por toda la colonia como lideresa, se encaramaba una zorra adulta, a quien le resplandecían los ojos. Era la jefa y en su presencia nadie se atrevía a atacar a otro animal de la colonia, sino a ayudarle cuando lo necesitara. Había enseñado a todos las dos leyes del animalismo y desde entonces la colonia vivía en armonía completa.

Ningún animal matará a otro animal.
Todos los animales son iguales.

- ¿Todos son vegetarianos? – se atrevió a preguntar Cacol, viendo juntos a ratones, ratas y gatos.

- No, pero la voracidad y el despilfarro humanos nos traen todo lo que necesitamos. Además de esa enormidad de materias incomibles, a diario llega pan, carne, pescado, lechugas, tomates… no solo alcohol. Todos los basuristas podemos vivir juntos alimentándonos sobradamente de estos abundantes restos.

- Bueno, si tú lo dices… exclamó Cacol, no muy convencido, iniciando el ascenso hasta el manantial de sidra. Pronto los tentáculos de los dos caracoles tuvieron que hacer esfuerzos para mantenerse erguidos, y sus ojos comenzaron a mirar hacia el suelo. A pesar de ello, el rastro de bebida lo podía seguir su excelente olfato, recogido interiormente en el manto.

Pero la fiesta no perduró tanto como otros días. Llegó volando un mochuelo, posándose azorado sobre una maxi nevera volcada.

- ¡Renarda! ¡Renarda! ¡Se han llevado a tu hijo! – dijo inmediatamente, hecho todo nervios.

- ¿Qué? ¿Mi hijo? ¿Cuándo? ¿Cómo? – dijo desesperada la zorra.

- Unos jóvenes. Han llegado con una moto, lo han metido en un saco y se han ido.

- ¿Y mi marido? ¿No estaba allí?

- ¿Tu marido? Bueno, sí… ha muerto.

- ¡No! – chilló la zorra y se echó a correr hacia su guarida.

Allí acabó la fiesta. El silencio más frío se adueñó del talud. El viento aullaba acompasando las ideas que hacían sufrir a los cerebros de los animales. ¡Los humanos asesinos otra vez!

Solo habían pasado unas horas. Ahora la noche iba invadiendo la ciudad, ralentizando el tráfico y anestesiando los ruidos. Era la hora de cena y pantallas. Las calles se estaban vaciando deprisa y ni siquiera se oían los perros encadenados, liberados por unas horas por fin, de sus confinamientos eternos en pisos donde los habían llevado como regalos vivos para terapias anti-soledad. Sus instintos naturales, en su día modificados para que ayudaran a cazadores y pastores, habían sido adiestrados ahora para que llevaran una vida peluche, donde la comida estaba asegurada, para que, siempre saciados, pudieran convivir en armonía con humanos y cualquier otro animal de la casa, fueran gatos, ratas o culebras.

Fue el momento más propicio para que una zorra salvaje pudiera atravesar sin excesivo peligro las avenidas y calles que normalmente no visitaban los animales no mascoteados. Pero Renarda no lo dudó. Tras encontrar a su marido caído delante de la guarida, los ojos cristalizados e inmóviles, junto a un charco de sangre que le había salido del morro y las narices, el único objetivo ahora era su hijo Reyn. En las avenidas desiertas miraba en ventanas con luz, olisqueaba el aire esperando recibir el olor de su cría, aunque lo que más percibía eran olores desagradables de calefacciones, orégano de pizzas, y gases que habían salido de tubos de escape durante todo el día; oía ruidos y voces, lloros de bebés, risas de borrachos, discusiones conyugales, pero ni veía, ni olía ni oía a su pequeño.

- Renarda, esto parece una tarea imposible. ¿No ves los cientos de ventanas? Puede estar en cualquiera de ellas, pero ahora hace frío, y las mantienen cerradas.

Era Cacol, obligado a acompañar a la zorra a la ciudad, agarrado a su lomo y dejándose transportar en esa inesperada visita a la ciudad desierta.

- Sí, dinos. ¿Tienes algún plan? ¿Qué podemos hacer nosotros?

- Ya lo pensaré. Mi intento de liberar a Reyn por mí misma, por mucha intensidad que yo le pusiera, seguro que acabaría en fracaso. Tienen armas. Matan a distancia con total facilidad. Y para ellos, nosotros solo somos sarna que rompe su burbuja de bienestar.

Renarda siguió caminando en silencio, moviendo su cabeza a izquierda y derecha, sin ningún resultado. Fue pensando en el motivo por lo que entonces todos los animales hablaran la misma lengua, la lengua humana, se oyera como ladridos o se comunicase de mente a mente. Su madre le había contado que en el pasado eso no era posible, cada animal hablaba su propia lengua, distinta de especie en especie. Los humanos incluso hablaban distintas lenguas. Ella no podía conocer que la campaña de conexión verbal, comenzada hace años como práctica de inteligencia artificial, había constituido un éxito completo de las sociedades humanas desarrolladas y la campaña de difusión de nanochips vía aire, agua y alimentos había llegado hasta los más remotos lugares. Ahora el desconocimiento de otros idiomas era algo del pasado. La torre de Babel universal ya era un hecho, comunicación mental completa. Se pudiera verbalizar o no, no importaba, los nanochips se encargaban de que se comprendiera. Y sin saberlo, toda la comunidad de la escombrera había absorbido en su alimentación y respiración la tecnología necesaria para que todos pudieran entenderse completamente, un paraíso inconcebible hasta hacía poco.

Finalmente, los 2 escombreros llegaron a la plaza principal de la ciudad. En todas las fachadas brillaban al máximo diversos anuncios publicitarios, esenciales para la formación urbana de sus habitantes. Primeros planos de ojos y labios junto a bebidas irisadas de cubitos de hielo, coches que parecían pasar sobre las cabezas de los que los contemplaban, casas junto a piscinas, ríos o mares, habitadas sistemáticamente por personas jóvenes sonrientes, sobre cuya piel desnuda se paseaba amorosamente la cámara.

Pero cuando vieron a Reyn en una pantalla, dentro de un falso tronco hueco, rodeado de césped artificial, los ojos de los tres se quedaron fijos en esa maxi imagen, intentando comprender el motivo de esa aparición tan destacada. Junto a él, dominando la cámara, un joven flacucho sonreía, todo amor hacia su nueva mascota. Era Nought, el influencer líder total de audiencia. La idea de llevar un zorrico a su webcam había supuesto el mayor éxito de su carrera virtual.

No era otro zorro urbano más, era la imagen adorable del buen salvaje. La historia del cachorro supuestamente abandonado en un basurero había puesto a latir con frenesí a millones de corazones faltos de amor.

- ¡Uuuuaaaah! ¡Aaauuuhhhh! – se oyó en la noche del centro neurálgico de la ciudad. Era el aullido repentino y el gañido de una madre que seguía el instinto primigenio de protección de su prole y elevaba su cabeza no hacia la luna, sino a la pantalla desde la que su hijo Reyn la contemplaba sin verla ni oírla.

Inmediatamente, los ladridos de los perros encerrados llenaron el ambiente nocturno de la plaza. Se oyeron abrirse ventanas de urbanitas, despertados a ese sonido extraño, tan distinto al runrún diario de sus vidas.

- ¿Qué bicho es ese? ¿Un lobo? ¡Qué miedo! Hay que llamar a la perrera municipal. Puede tener rabia – se oyeron voces entre desconocidos que se comunicaban a distancia, quizás por primera vez en años.

Renarda huyó inmediatamente de los enfoques zoom en que querían eternizar el momento, al menos para entretenerse unos días. Y el silencio externo volvió a dejar paso a las maxi pantallas de acción y sonrisas.

Había pasado una semana y Renarda seguía llamando a su hijo sin que la imagen de la pantalla pareciera percatarse de que su madre lo estaba buscando. Había conocido una tribu de zorros urbanos que preferían pulular entre los contenedores o cerca de las calefacciones, ocultándose en sótanos, pasajes, solares no rentables para construir y arbustos decorativos. Habían aceptado a la zorra escombrera y por la noche le enseñaban a buscar comida y bebida, rasgando el plástico de los bolsones que dejaban por la noche los bares que servían comidas. Pero lo que ella quería era tener a su hijo.

Cacol, enviado como espía a averiguar el lugar real donde se encontraba Reyn, tuvo más suerte. El zorrito era el tema de moda, y los terraceros a menudo intercambiaban sus impresiones sobre él. El caracol solo tuvo que acercarse a una conversación, oculto en un geranio de un macetero decorativo de la terraza, junto a la mesa de conversación más animada.

- ¡Visteis la hora PET de anoche?

- Sí. La vemos todos los días.

- Sí. Récord de LIKES.

- Es un cachorro precioso.

- Él dice que lo encontró abandonado. Es un zorrillo. Tiene una mirada que enamora, ¿verdad?

- ¿Pero se pueden domesticar?

- Ahora parece que Nought ya no lleva guantes. Dándole todos los caprichos logrará hacerse con él.

- ¿Sabéis que ha anunciado que mañana le va a hacer un regalo especial? Lo quiere hacer en directo en los jardines de su mansión y ha invitado a todos los que quieran ir mientras quepan en el jardín.

- Es la casa modernista al otro lado del río, ¿no? Siempre está con el portón cerrado.

- Sí, antes se llamaba Casa Solans, pero la ha bautizado Manor Nought.

- Ya sé. Se va con el bus 21, ¿no?

- Sí. ¿Vais a ir?

- Vamos todos, a ver qué dice. La casa merece la pena verla por dentro. Es una ocasión única.

- Vale, a las 12 allí todos.

No hizo falta más información para que Cacol pudiera decir a la zorra dónde se encontraba su hijo. Al día siguiente se pegaría de nuevo a su cola y ambos conocerían la vida real del influencer.

A las 10 sonó la música que diariamente le tocaba diana. Tras dejar en la cama a su amante de los viernes, Nought se levantó para seguir su programa de rutinas que tan buenos resultados económicos le estaba dando. Miró el horario puesto sobre un valioso cuadro abstracto que había acabado por odiar, pero que debía conservar porque era una inversión al alza. Se lo sabía de memoria, pero verbalizándolo lograba aclararse la garganta.

- 09:30 Water, ducha y crema de cara.

- 10:00 Lectura de noticias y visualización de vídeos seleccionados por guionistas

- 11.00 Sensorización corporal

- 12.00 ON AIR

No siguió leyendo. Como animal mediático, sus roles de actor y personaje se fundían a diario hasta bien entrada la noche, y aunque, pese a su juventud, su vista y oído le estaban amenazando que al final iba a ponerse en paro, su cara se emparejaría de nuevo a una webcam, intercambiándose con otras caras webcam, en un imparable delirio de placeres de vidas urbanas, enclaustradas entre cuatro paredes, que compartían gregarismo con desconocidos a quienes llamaban amigos, emitiendo y recibiendo sensaciones y sentimientos a través de la electricidad y las ondas de radiofrecuencia. Pero en ese mundo de apariencias de intensidad, Nought había conseguido ser el nodo que fusionaba las ideologías de su generación. Y sus mañanas, y las de los sábados en especial, se habían convertido cada vez más en un plató de hiperactividad contagiosa antes de encender su ventana al mundo, con la mente puesta en las cifras de seguidores del día anterior, que quería y lograba superar día a día, haciendo frotarse las manos a sus patrocinadores, y que animaban a aún no patrocinadores a llamar a la puerta de su servicio de marketing cada vez con más insistencia.

- ¿Te repaso las secciones de hoy? – le dijo su ayudante, su madre, a quien la estrella maltrataba periódicamente, aunque ella estaba acostumbrada a soportar estoicamente sus poses y desplantes, su rol dominante, porque la cuenta corriente familiar había alcanzado unos niveles que ella jamás hubiera soñado.

- No, eso ya me lo sé. ¿Me habéis traído la perra?

- Sí, pero no es un cachorro, es una perra enana. Cuando crezca el zorro no pegarán ni con cola.

- El futuro no me interesa. Nada dura ahora. Demasiada competencia. No voy a tener a un zorro en casa toda mi vida. ¿Qué tal están juntos? ¿Se muerden?

- La perra parece que se quiere aparear.

- ¿Qué? Llama al veterinario y que la calme ya. Es una sección con una audiencia familiar, llena de niños. Y que trabaje a fondo el adiestrador. A las 12 hay que presentarla como regalo y que se vea que quieren estar juntos.

- Hubiera sido mejor un cachorro de perro – objetó la madre.

- Eso ya está muy visto. Cada vez llama más lo salvaje. El mensaje que debo emitir es: Yo dirijo, yo domino, yo consigo que me quieran, que las nuevas mascotas se acepten y se quieran. Prepara el set con los enfoques adecuados al atril del regalo. Hoy tenemos exteriores y los paseos del jardín estarán a tope de gente. Será el día del récord de la temporada, ya verás. Asegúrate de que todo salga bien. A las 11.30 ensayaré con los bichos, que no falte el adiestrador.

- ¿No es un poco arriesgado hacer esto en directo? – volvió a objetar la madre.

- Es la primera vez que trabajo frente al público. Sí, es un reto, pero he de renovar el formato, si te encasillas te hundes – contestó Nought.

- A ver si te sale bien. La caja ya está dispuesta. Te la llevo en cuanto me digas.

- Prepárate ya. El efecto sorpresa cuanto antes.

Se acercaban las 12 y la multitud se agolpaba en la elegante mansión. Todos cuchicheaban sobre el nivel de vida que disfrutaba el influencer, sobre cómo había conseguido encumbrarse hasta tal altura en tan poco tiempo. Otros hablaban de la historia y de la construcción del edificio, de cómo una historia de amor hecha matrimonio invirtió en construir un llamativo nido que nunca visitó la hembra.

Cuando se anunció la inminente salida del nuevo propietario de la vivienda, la multitud fue silenciándose, y cientos de ojos expectantes se pusieron a enfocar simultáneamente el centro del escenario. Y sí, allí estaba, era Nought, con su mejor sonrisa, llevando en los brazos a Reyn.

Nought se puso a hacer lo que más sabía, hablar, hablar mucho, hablar con intensidad, hablar con atracción que se convertiría en dinero, cada vez más, haciendo cada vez más empinada la cuesta de su audiencia global.

- Buenos días mis amados seguidores y seguidoras. Bienvenidos a la hora PET. Hoy un día muy especial para mí y también quiero que sea para vosotros, es el cumpleaños de mi querido Ñanñam. Hoy PET se está grabando en exclusivo directo.

Una lluvia de aplausos siguió. El público se dispuso a dar su mejor imagen hacia las diversas cámaras que les enfocaban desde postes elevados, y los saludos y muecas intentaron personalizar la masa que aparecería en la grabación.

Estoy aquí entre todos vosotros para que compartamos su cumple y conozcamos más a nuestra estrella – dijo el joven levantando el cachorro, que parecía estar muy pacífico y no decía nada.

El público pitó, aplaudió, gritó, ansiosos de seguir el espectáculo.

- ¿No os habréis pasado con el calmante? El zorro casi no se mueve – dijo en voz baja el protagonista hacia la gente que estaba en el balcón tras él.

- No, así aguantará bien, ya se animará – dijo el veterinario personal – Ya se lo hemos puesto varios días. Tranquilo, seguirá siendo la estrella. Adelante con el show.

Había llegado el momento de desvelar el secreto. La madre se acercó con un paquete no muy grande, imaginando que a partir de ese momento llegaría a su mansión un aluvión de regalos de los fans del zorro. Pero así se medía también el éxito de su hijo.

- Entre todos vamos a regalar a Ñanñam el mejor de los juguetes, un juguete vivo, que lo acompañará, jugará con él y espero que lo quiera tanto como yo. ¿Qué será?

Ante una multitud muda y expectante, dio la orden.

- ¡Abramos el regalo!

Solo tuvo que tirar de la cinta dorada de la caja plateada. Allí estaba Fifí.

- ¡Aquí tenéis a Fifí! Es su novia, que va a hacerle compañía, par que olvide la soledad que tenía cuando lo encontramos. Cantemos todos el cumpleaños feliz, ¡vamos!

Los zooms de las cámaras desembocaron inmisericordemente en una perra caniche blanca de aire aristocrático, luego en Nought, después en Reyn, en los dos animales cuando el joven los acercaba uno al otro, en los tres juntos… Mientras tanto, la canción tradicional iba siendo coreada por toda la masa reunida para el evento, luego siguieron los aplausos.

Ese fue el momento propicio para que Renarda, escondida tras unos matorrales hasta entonces, decidiera salir a escena. Sus ágiles músculos le permitieron saltar hasta el balcón done estaba su hijo y ponerse de pie sobre el antepecho. Todo fue inesperado. Pero la voz de Reyn impidió que las cámaras pasaran a publicidad. Era el momento de oro para cualquier encargado de control de grabación y no desconectaría por nada del mundo.

- ¡Mamá! ¡Mamá! – chilló.

- Guau, guau, guau – ladró la perra asustada, oliendo a su enemiga.

- ¡Increíble, ha venido también su madre! Muchas gracias por venir, mami – dijo Nought, intentando arreglar la situación imprevista, sin saber muy bien qué hacer. Eso no estaba en el guion.

Cuando Renarda se puso a hablar, acabó la fiesta.

- Este zorro es mi hijo y se llama Reyn. Nos lo robaron y mataron a su padre. Vengo a por él.

- No, fue legalmente comprado, tengo todos los documentos en regla – intentó contrarrestar el influencer.

- Vinieron unos moteros a mi casa y mataron a mi padre. Después se me llevaron – la intervención de Reyn resolvió las dudas de todos.

El veterinario iba a poner anestesia a Renarda pero, tras la declaración de Reyn, ya no pudo, pese a la insistente mirada de Nought. Era evidente cuál era la verdad.

- Vamos dentro, señora zorra, esto hay que aclararlo – invitó el influencer – Yo soy una persona amante de la naturaleza, en ningún caso mataría a un animal. Lo siento amigos, debemos cancelar la celebración, mañana os seguiré informando en la hora PET. Ya sabéis a las 12.00, La hora PET. No faltéis, os aclararemos todo.

Cuando el público volvía hacia sus casas, las dudas se convirtieron en preguntas, todavía sin respuestas, pero con interés de conocerlas. ¿Quién era esa zorra? ¿Era una más entre los zorros urbanos? ¿O era salvaje? ¿Había comprado Nought un zorro robado? ¿Quién había robado al zorro? ¿Era verdad que habían matado a su padre? ¿Se iba a ir Ñanñam a vivir al campo, tras la vida tan placentera que tenía en casa de Nought? ¿Lo podría soportar?

Las dudas se convirtieron en mensajes que inundaron las redes. Todavía más cuando en *La hora PET* apareció únicamente un mensaje en pantalla de la dirección del canal en el que se informaba que el presentador había sido bloqueado y se estaba investigando todo sobre el zorrillo. Los jefes del canal estaban realmente enfadados y preocupados. La protesta masiva de padres y niños seguidores del programa familiar, ante la noticia de robo de un menor y asesinato de su progenitor tuvo tanta fuerza que provocó la cancelación definitiva del programa. Nadie creería ya a Nought.

Con el tiempo se divulgó que un grupo de moteros amigos del lado oscuro de Nought habían matado al zorro y regalado la cría al influencer, de quien eran fieles seguidores. Pero eso no interesaba tanto. Lo que interesaba es saber algo del zorrillo Ñanñam y de su madre.

Se acordaban de los aullidos lastimeros que todas las noches se oían en las calles de la ciudad. Los más apasionados se organizaron en patrullas de senderismo urbano nocturno para intentar encontrar a los zorros. Encontraron zorros, algunos de ellos habían conocido a Renarda, pero les dijeron que no era una zorra urbana. Nadie sabía dónde había ido.

Una conversación ocasional en un bar que escuchó Cacol, puso a un youtuber sobre la pista apropiada.

- He recorrido la ciudad y no la he encontrado. No hay nada que me gustaría más que invitarla a mi canal, pedirle disculpas por el mal trato de esta ciudad y permitirle que hablara con su hijo. Miles de oídos la estarían escuchando – decía el youtuber.

- Ve a la escombrera. Está fuera de la ciudad, allí viven Renarda y Reyn – se oyó la voz de Cacol, pegado bajo la mesa.

- ¿Quién eres? – dijo el youtuber, mirando por debajo.

- Soy Cacol, amigo de la familia.

- ¿Me puedes acompañar?

- Si respetas la comunidad, sí.

- Por supuesto. Haré lo que queráis. Monta.

En un retrovisor de la moto, Cacol fue dando instrucciones al periodista hasta llegar a la escombrera.

Ese día habían volcado un camión de mandarinas pasadas, tras haber sido imposible venderlas por no poder competir con las importaciones de intercambio contra coches. Y de nuevo había fiesta.

- Hoy naranjas y mandarinas
Para las bocas más finas.
¡Amigos, venga, bailemos,
Hasta que ya nos cansemos!
Tú chúpate lo que quieras
Sin pensar que te mareas.
Y seguiremos bailando

Con el ritmo del fandango.

Asombrado al principio ante tan poco conocida imagen, el youtuber se dirigió decididamente hacia Renarda, a la que vio dominando la cuesta, sentada sobre el último electrodoméstico que había llegado.

La compañía de Cacol facilitó la conversación.

- Renarda, vengo con un periodista que quiere saber de ti. Parece buena persona.

- Hola, me llamo Verde. Me gustaría hablar contigo. Vi el programa, ya eliminado del supuesto cumpleaños de tu hijo. Tengo interés en saber qué os pasó.

- Ya lo dijimos. Para los urbanitas no somos nada, solo nos quieren como osos de peluche castrados, sin vida propia. Nuestra vida está aquí.

- Yo no quiero que cambies nada. Sí que me interesaría permitir que otros supieran de vosotros. Hay niños que ni duermen bien, preocupados por saber qué le ha pasado a tu hijo.

- No me interesa ir a la ciudad.

- ¿A tu hijo tampoco?

- La vida muelle que llevó allí le ha afectado. Ahora no se adapta por completo, necesitará tiempo para convertirse en un zorro normal.

- Si quieres vengo aquí y simplemente grabo lo que me queráis decir. Sin censura.

- ¿Y sin cortes?

- Tú decides qué divulgo.

- ¿Puedo hablar de la naturaleza?

- Por supuesto. Ya ves, me llamo Verde.

Solo hizo falta 2 días. En cuanto se corrió la voz de que Renarda iba a hablar en el canal de Verde, la audiencia conectó masivamente su URL. Y esa noche se oyó la voz de la zorra.

- Esta noche tengo el privilegio de poderos presentar a un animal muy valiente. Se llama Renarda, es una loba viuda, a la que le robaron a su hijo para explotarlo mediáticamente. No vive en la ciudad, pero acudió al programa en el que explotaban a su hijo para rescatarlo. Y lo consiguió. Aquí están, libres de nuevo.

La cámara dio paso a los primeros planos de madre e hijo, sobre un fondo terroso. El lugar donde vivían debía ser secreto. Renarda no quería que fueran a visitarla como si estuvieran en un zoo, por mucho que los niños quisieran a Reyn.

- Renarda. Ahora mismo hay muchos niños que quieren saber si estáis bien, si necesitáis algo, quieren conocer como vivís, qué coméis, en resumen, todo lo que digáis seguro que lo van a escuchar con la máxima atención. Venga, cuéntanos.

- Hola urbanitas. Los zorros somos fieras y llevamos la vida que desde hace millones de años ha permitido que nuestra especie sobreviva. No necesitamos nada de los humanos. Solo que no nos envenenéis la comida, ni el aire, ni el agua. Os parecerá que vosotros vivís mejor, mucho mejor, pero vuestra vida complicada os hace difícil ser felices. Nuestra felicidad aquí es completa. Tenemos buena vista y nuestros músculos ciliares enfocan perfectamente a las águilas a grandes distancias y también a las hormigas a nuestros pies. Me apena veros siempre con la vista tapada entre paredes, ante pantallas cada vez más pequeñas, perdiendo la vista, cada vez tenéis menos vista, cada vez antes. Me apena saber que no podéis escuchar la naturaleza. Os lo impiden auriculares que bombean ruidos y sonidos estridentes llamados música, zumbido continuo de coches y sirenas que os van dejando sordos. Os habéis quedado sin olfato por borrar todos los olores de la vida para incorporar olores fuertes no naturales, llamados aromas, que debéis pagar. ¡Liberaos! ¡Salid a la naturaleza! A convivir con todos los seres que pueblan las tierras donde nacisteis, conocerlos, verlos, olerlos, oírlos y pensad que seguís formando parte de ella, vuestro cuerpo es agua. ¡Desarrollar vuestros sentidos junto a los demás animales y plantas! Acariciar los árboles, las flores y el suave pelambre que nos abriga. Abrir los ojos y mirar con atención lo que os rodea. Inspirar hondo y oler la vida. Escuchar sin prisa los ruidos, cantos y temblores del campo. Comer lo que crea a diario la naturaleza ¡Por la libertad sensorial!

El mitin ecologista hizo reflexionar a muchos oyentes, aunque el sistema monetario y consumista de la civilización pronto hizo olvidar esos deseos a la mayoría, para volver a su realidad cotidiana, aunque el senderismo y bosquismo siguieron creciendo.

- Mamá, zorro – dijo Laidamar.

- Estoy ocupada con los exámenes, cariño. Ahora no puedo – dijo la madre profesora.

La niña se puso junto a la pantalla y comenzó a acariciar virtualmente las orejas y el morro del zorrito adorable que hacía tiempo que no veía. Luego se llevaba la mano a los labios y se la besaba sin dejar de mirarlo.

- Mamá, tu zorro – dijo la niña, acercándose a su madre, apuntando al tazón de té que había junto al ordenador.

Y esa noche Laidamar durmió feliz.

CUENTO DE LA CULEBRA Y EL SAPO

(Dedicado a Alma)

Adán, serpiente pitón macho
Almar, niña de hermosos ojos
Midas, monstruo
Nake, bruja culebra del río
Toa, sapo consejero de Nake

La puesta de sol de aquella tarde en una isla del Mediterráneo tendría una influencia definitiva en su vida familiar a partir de entonces.

- Me gustaría tener una hija cuyos ojos brillaran como este sol – dijo la joven que iba a ser madre.

Ese deseo y ese sol en poco tiempo se convirtieron en la más preciosa niña que había conocido el pueblo de la montaña donde nació.

Si, los ojos de Almar resaltarían para siempre y serían alabados por todas las personas que los vieran.

Tanto se comentó la buena nueva en el valle que al final Nake, la bruja culebra, comenzó a sentir envidia insana.

- ¡Basta! No puedo permitir que los ojos de una humana brillen más que los míos. Soy una serpiente y mi vista ha dominado a los humanos desde el principio de los tiempos – dijo malhumorada la culebra a Toa, su consejero el sapo.

A Nake no le gustaba mezclarse con los humanos, pero a partir de entonces percibía que su mirada inmovilizadora de animales y personas hasta entonces, había dejado de tener la intensidad de otros tiempos. Pensó que quizás se estuviera volviendo vieja. Como era el único animal de su especie en el valle y no había encontrado pareja hasta entonces, sentía que su especie iba a extinguirse sin dejar ningún rastro. En aquel momento eso suponía su mayor preocupación. No, no quería extinguirse.

Esperó a que la niña se hiciera mujer, confiando en que la extraordinaria mirada de su rival quedara atenuada dentro de un cuerpo de persona adulta. Pero no fue así.

Años más tarde un grupo de jóvenes locales pasaban una tarde de merienda en el bosque para celebrar San Valentín. Nake y Toa fueron testigos de la atracción irresistible que ejercía Almar sobre sus amigos. Abrumada de atenciones, mostrándole masivamente el deseo más pasional de emparejarse con ella, la ya joven se sentía el centro de su comunidad. Y en verdad lo era.

- No puedo tolerarlo – dijo Nake, hirviendo de envidia.

Nake dominaba a Toa y este la acompañaba siempre, siempre a su servicio. Los sapos de esa tierra no son venenosos y las leyendas de que escupen veneno son cuentos de viejos para asustar a sus nietos cuando se quieren ir de casa solos durante las noches de verano. Pero Nake tenía un arma secreta, su veneno, para hacer que esos cuentos se hicieran realidad.

Aquel día Nake decidió rebajar a su rival humana. Mordió en el cuello a Toa y el sapo, silenciosamente, se subió a la fuente del bosque donde estaban los jóvenes, siguiendo las órdenes de la culebra. Cuando Almar se acercó a beber agua, el escupitajo del sapo la cegó.

- ¿Qué me pasa? ¡No veo! – gritó asustada Almar.

Se había quedado ciega. Y así seguiría durante años.

Nake se fue alejando, disfrutando de su renovada energía. Sintió que sus ojos brillaban ahora como nunca, y que a partir de entonces seguirían haciendo temblar a quienes los miraran. Sin embargo, Toa se arrepintió de lo que había hecho. Él también amaba en silencio a Almar aunque comprendía la imposibilidad de su deseo. Tenía que hacer algo para paliar esa injusticia. Rápidamente se puso frente a Almar y habló con ella:

- Hoy has perdido la belleza que todos admiramos. Pero vas a recuperarla. Busca a una serpiente amarilla y blanca. Ella te ayudará…

No pudo proseguir mucho más, porque los amigos de Almar lo escacharon con una gran piedra, sabiéndolo culpable del cegamiento.

A partir de ese momento el objetivo más importante en la vida de la joven fue buscar a la gran serpiente pitón albina que vivía en el bosque, abandonada por un propietario ya cansado de su enormidad.

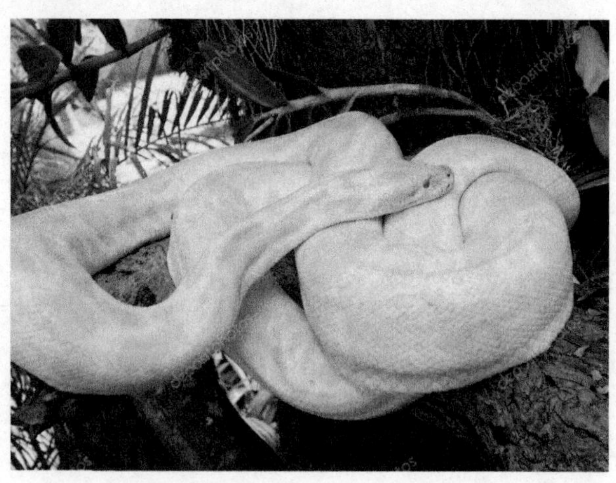

Adán llevaba tiempo intentando adaptarse al bosque mediterráneo, tan distinto a la jungla originaria donde lo había llevado la evolución. Su antiguo dueño sabía que era un animal friolero y que, aunque solo tenía que comer una vez al mes, su tamaño le obligaba a devorar cualquier animal con el que se encontrara. Pensando en que sobreviviera, cuando se deshizo de él lo metió en una espesura en lo más profundo del bosque, donde podían pasar desapercibidos sus intensos colores y donde el viento frío no lograra adentrarse. La serpiente había pasado varios inviernos sufriendo, pero sobreviviendo, completamente cubierto de hojas secas, a la espera de que los brotes nuevos dieran paso al calor del comienzo del año natural.

Ningún animal se atrevía a acercarse al gran ofidio. La fauna parecía haber escuchado el papel de la serpiente en el relato de Adán y Eva y aprendido a maldecirlo, o sea, a no acercarse a él. Cuando llegaba la hora de alimentarse, Adán esperaba pacientemente en una rama alta sobre las pozas donde iban a beber los animales y, dejándose caer silenciosamente, daba el abrazo mortal al corzo o jabalí que se acercaba, descachándole las costillas, para convertirlo en su maxi salchicha alimenticia.

Había estado en contacto con Nake en alguna ocasión y había contemplado sus hechizos, ayudada por el sapo esclavo, y conocía los antídotos que debía usar contra sus picaduras y sus malvadas ideas. De todos modos, procuraba apartarse de su veneno, del que Adán carecía. La culebra tampoco se atrevía a acercársele demasiado, pese a la permanente quietud del pitón, porque sabía que si quedaba atrapada entre sus anillos moriría en segundos, aunque lograra inyectarle un veneno que no era letal para él.

Había pasado un año. Era un día de fiesta. Los jóvenes iban al monte para celebrar el equinoccio de primavera y comenzar a enamorarse. Atrás quedaban las rosadas, los vendavales y los días nublados. Todos se sentaron en torno a la antigua fuente, ya salvajizada por el progresivo abandono rural, y sacaron las culecas. Era demasiada masa dulce por cabeza. Lo que realmente comieron los jóvenes fueron los huevos duros y los adornos dulces sobre la torta.

La imagen de Almar cegada, radiante de belleza que ella no podía apreciar, creaba atracción a la vez que respeto. Ella era la hermosa cieguica.

Almar se acordó de las palabras del sapo. Fue extraño su cegamiento y extraña sería su cura.

- ¿No os acordáis del día en que me quedé ciega? Fue aquí, ¿verdad? – dijo implorante.

- Sí, todos nos apenamos tanto… no pudimos hacer nada… fue un hechizo… - contestaron los demás.

- Tenemos que encontrar la serpiente blanca – pidió Almar.

- Se llama pitón albino, lo vi en un zoo – explicó un amigo.

- ¿Tengo que ir a un zoo? – inquirió la joven.

Las voces de los jóvenes fueron llegando a oídos de Adán, no tan claramente como a los oídos humanos, al carecer los ofidios de oído externo. Estaba endormiscado aún, pero fue suficiente para que comprendiera la situación. Supo que podía ayudar a la desgraciada joven. Ante la sorpresa del grupo de jóvenes, se encaramó a una rama y comunicó a Almar todo lo que ella necesitaba saber:

- Almar, tienes que ir al mar y buscar la isla del Resplandor – dijo Adán con cierta dificultad.

Seguidamente tuvo un eructo y vomitó una gran burbuja que brillaba más que el sol y que se fue volando hasta superar los árboles más altos para desaparecer de la vista de todos.

– Sigue la estrella. Ella te devolverá la luz. – dijo el pitón, para enroscarse en lo alto de un pino y quedarse dormido inmediatamente.

Desde entonces, en la mente de Almar ya solo habría un objetivo: seguir a la estrella hasta la para ella desconocida isla del Resplandor. Que ella fuera ciega no le iba a impedir seguir su camino.

Tras pasar una noche de sueños y pesadillas, al día siguiente la joven ciega lo había decidido: debía ir al mar a buscar su isla.

- Mamá. ¿Conoces la isla del Resplandor? – preguntó Almar.

- ¿Isla del Resplandor? No, parece un sitio de esos juegos de guerra que tenéis en las pantallas. ¿Por qué lo preguntas? – contestó la madre extrañada.

- Me gustaría ir a ese sitio. ¿Tú conoces algo parecido?

- Tu padre y yo amamos una isla en el mar. Nos quedábamos extasiados con sus maravillosas puestas de sol. Allí te engendramos. Si quieres podemos volver allí de vacaciones.

- No, es algo personal. Quiero ir yo sola.

- ¿Qué dices? ¿Sola? ¿Sin ver bien? Ni hablar, no te sabrías defender.

- Me voy, he de seguir mi camino.

- Piensa lo que dices. Es una locura. Te acompañaremos.

- No, debo ir yo. Me voy.

Siguieron días de enfado de su madre, que no podía pensar más que en los peligros a los que se exponía su hija, creyendo que la joven quería seguir un plan irrealizable. Pero, pese a todo, Almar se fue.

Viajó durante unos días con unos amigos que la acompañaban. Intentaban mirar al sol cuando salía por las mañanas. Pero la burbuja estrella no se veía. Sus dos amigos más íntimos habían sido aconsejados y subvencionados por la madre de Almar para que no la dejasen sola. Al principio del viaje se preocupaban de guiar a la ciega en todos medios de transporte, alojamientos, calles y caminos, a evitar el tráfico, a comer y orientarse. Pero poco a poco se fueron desentendiendo de ella, cuando comprendieron que la belleza de la amiga unida a la desgracia ponía a sus pies a todas las personas que encontraban, deseosas de ayudarle y escuchar el triste relato de su injusto cegamiento.

Aquella noche, la atracción del Festival de la Primavera resultaba irresistible. Se había reunido toda la juventud bajo una carpa a las afueras de la ciudad, ansiosa de volver a disfrutar de su vida plena, de recuperar el hedonismo limitado por un crudo invierno. La música vibraba en los labios y los ojos de cuerpos cada vez más sudorosos. Retumbaban en el ambiente las percusiones, rasgueos salvajes de guitarras y gritos aullidescos de los cantantes punk. La masa se iba amontonando y entremezclando, convirtiéndose en un sentimiento unísono. Ante tal estremecimiento de pasión los jóvenes recién llegados no podían permanecer impasibles.

- ¿Vamos dentro, Almar? Esto no nos lo podemos perder. Hoy está aquí toda nuestra generación.

- Id a bailar. Os espero fuera.

- No, no te quedes sola, nosotros te llevamos.

Almar estaba acostumbrada a moverse entre la gente. Siempre le ayudaban a que lograra sentirse una persona más. Sin miedo, se internó con sus amigos en la pista de baile. Ellos pronto se hicieron amigos de la gente que les rodeaba y comenzaron a consumir todos los estimulantes que les ofrecían. En eso no podía seguirlos Almar, solo bebía agua. Tras un rato de baile desenfrenado, sintió que la burbuja le entraba en la mente. Pese a su ceguera, se dio cuenta de que flashes de luz le estaban llegando del cielo.

- Veo luz. ¿Esa es la estrella del pitón? – dijo a sus amigos.

- No, es una esfera de espejos que cuelga del techo – le contestaron.

- Puedo ver el resplandor. Podré ver la estrella – se dijo Almar – Os espero fuera. Que os divirtáis – y salió de la pista de baile, salió de la carpa, salió al parque y esa noche volvió a ver el resplandor. La estrella la guiaba. Y la guiaría.

- Eres ciega, ¿no? – oyó que le decían.

- ¿Quién eres? ¿Por qué dices eso? - respondió al desconocido.

- El ruido de los pasos entrecortados me lo dicen cuando se acerca un ciego – dijo el acompañante.

- ¿Tú eres ciego? – preguntó la joven.

- ¿Por qué dices eso? – preguntó él.

- Solo te fijas en el sonido. No te preocupa mi apariencia física. Veo que no me ves.

- Tú sí que no ves. Sí, soy ciego de nacimiento.

- Yo fui hechizada. Ahora tengo que seguir una estrella. Ella me guiará a la Isla del Resplandor y recuperaré la vista.

- ¿Te han contado ese cuento también?

- ¿Un cuento? ¡Cuéntamelo, por favor! Mis oídos están a tu servicio.

Durante un rato, el ciego fue desgranando el relato clásico del rey Midas, aunque cambiando el escenario. Según él, Midas existía, pero no era un rey sino un monstruo. Vivía en la parte más alta de su isla y la luz de su mirada deslumbraba a quien se le acercaba, produciéndole una descarga eléctrica que lo electrocutaba al instante. Era una isla maldita, sin plantas ni playas, un gran farallón de piedra negra donde era imposible subir.

- ¿Un monstruo que ciega a la gente? ¿Pero a nosotros no nos puede cegar, ¿verdad? – consideró Almar.

- No quiero comprobarlo. Todo que me cuentan de esa isla son espantos – le contestó su interlocutor.

- ¿Pero tiene resplandor? – se interesó ella.

- Sí, tanto resplandor que ni siquiera pueden vivir plantas, es un pequeño desierto lleno de luz.

- Allí voy a ir.

- Tú estás loca.

- Solo dime dónde está esa isla.

- Al sur, siempre al sur.

- Presiento que mi estrella me llevará allí. Adiós – dijo Almar, despidiéndose de su eficaz compañero ciego y volviendo hacia la fiesta, mientras seguía percibiendo la presencia de su estrella.

Para sus amigos la fiesta no iba a acabar. Se habían acoplado a otro grupo de jóvenes y seguirían la fiesta en otros bares, o junto al río, o en el piso de alguno. No hizo falta despedirse, pasaron de ella. Pero ahora Almar sabía que la estrella que percibía en su ceguera era la misma que había salido de la boca de Adán.

Se despidió de la fiesta tranquilizando a sus amigos diciéndoles que se iba a la pensión, Almar se propuso seguir su viaje. Ya no los vería más.

Viajaba de noche con su noche visual, en un camino interminable, siempre hacia el sur, deteniéndose y palpando lo que le rodeaba, tropezando y levantándose, preguntando y recibiendo ayuda. Comía lo que encontraba, pedía limosna, se alojaba donde la invitaban, y sus relatos sobre la tragedia pasada y la ilusión del futuro entretuvieron más de una mesa de sus anfitriones.

Fueron pasando los días y un día oyó el mar. Sí, allí estaba el mar, con un sol poniente dorado que ella no lograba apreciar, que producía móviles contrastes de color entre los rayos que se tendían sobre las olas y la oscuridad donde no podían llegar. Había llegado al mar, ahora tenía que llegar a la isla. Se sentó a escuchar el ruido de las olas contra la costa. Fue cayendo la noche y de nuevo a su escasa visión llegó el resplandor conocido. La estrella le avisaba de que hacia el sur encontraría la Isla del Resplandor.

Ahora tenía que llegar a la isla. Se sentó a escuchar el ruido de las olas contra la costa. Fue cayendo la noche y de nuevo a su escasa visión llegó el resplandor conocido. La estrella le avisaba de que hacia el sur encontraría la Isla del Resplandor. Cuando se acercó a la orilla del mar, una gran serpiente la estaba esperando. Era una anaconda enorme, amiga de Adán, que, avisado por él, esperaba llevar a la joven hacia su destino.

La noche se hizo silencio, las estrellas dominaban el manto celestial y. entre ellas, la estrella de Almar, la más grande, más cercana y más luminosa de la noche, dirigía el ritmo de la serpiente hacia la isla.

Antes de que amaneciera, el reptil estaba escalando un acantilado para adentrarse en ese nuevo mundo resplandeciente, con la joven ciega firmemente agarrada a su sinuoso cuerpo. Cuando el sol salió, Almar estaba sola de nuevo sobre una planicie seca y dorada, donde no lograba vivir ningún ser vivo. El resplandor del suelo hubiera sido insoportable para cualquier vidente, pero para ella solo suponía una intensificación de su escasa agudeza visual.

- ¿Esta es la Isla del Resplandor? ¿Quién vive aquí? – gritó sin saber si la oirían.

Inmediatamente se oyó un aullido y un monstruo humano cuadrúpedo descendió a su encuentro.

- ¿Qué haces aquí, desgraciada? – constituyó la desagradable bienvenida del habitante de la isla – Nadie debe venir aquí.

- Tenía que venir. El sapo Toa y la pitón Adán me guiaron. Tengo que romper el hechizo de la culebra Nake y recuperar la vista – explicó la joven.

- Los que vienen aquí pierden la vista. ¿Tú también?

- No se puede perder lo que no se posee. Vine ciega. Ahora quiero ser vidente, irme de aquí viendo el mundo. ¿Quién eres? Ayúdame. Soy joven. Quiero ver.

- Soy Midas. Fui un rey, ahora soy un monstruo.

- No te veo. ¿Puedes ayudarme?

- Sube conmigo. La planta del aire ha florecido. Bebe su néctar y sanarás. Pero quiero algo a cambio.

- Dime.

- Quiero irme a vivir contigo.

- Yo vivo en un valle lejos del mar, donde el bosque cubre todo.

- Sí, eso es lo que quiero.

- ¿No te gusta estar aquí? ¿Por qué vives en esta isla pues?

- Es una prisión. Libérame de ella.

Almar no podía ni imaginarse el aspecto del monstruo salvaje. Completamente desnudo, con todos los pelos del cuerpo que le crecían libremente desde hace años, excepto una incipiente calva que blanqueaba su nuca, uñas enormes y piel lacerada y cicatrizada, rodeada de suciedad. Pero no, no era un monstruo. Era un hombre asqueado del poder que tras vivir en la cresta de la ola capitalista decidió vivir tal como le dictaba su conciencia, y cayó al pozo profundo de la invisibilización social. Fue contando a la chica que había sido un rey de un país opulento, donde con sus poderes lograba crear oro, sí, oro, al tocar cualquier cosa. Palacio de oro, ropa de oro, muebles de oro, vajilla de oro, jardines de oro… incluso tuvo que contratar a un tocador privado para no convertir su comida y bebida también en oro. Las yemas de sus dedos eran minas inagotables del dorado metal y pronto su fama se extendió por todo el reino. Con el oro se hicieron obras públicas, empresas, armas, se pagaron a los mejores artistas e investigadores del mundo, se importaron los más exóticos productos y personas… Su paraíso de opulencia siguió creciendo, mientras el resto del mundo se empobrecía más y más.

Un día visitó un país que llamaban del tercer mundo con su nueva novia nativa de allí, ofrecida como regalo tras la frecuente compra de comida que debía importar un país necesitado. Midas se quedó perplejo. ¿Cómo podía vivir esa gente sin teléfonos móviles, ni internet, ni coches, ni aviones privados, ni lavadoras, ni calefacción, sin educación ni sistemas sanitarios, sin centros comerciales llenos de ropa de temporada? Pues sí, vivían, y sus cuerpos, aunque durante pocos años, emanaban salud en su juventud.

Poco tiempo tardó Midas en abandonarlo todo. El problema era el oro. Se escondió en una isla remota y sus dedos convirtieron todo en oro. La tierra se cubrió de oro, las piedras resplandecían, las plantas quedaron convertidas en estatuas doradas. Solo se salvó la tillandsia, planta de aire que no necesita agua, bebiendo los pelos de sus hojas de la humedad del aire. Y esa planta logró hacer vivir a un rey hecho monstruo.

Poco tiempo pasó hasta que las noticias de la Isla del Resplandor llegaran a las costas cercanas. Miles de aventureros intentaron apropiarse del oro. Pero uno tras otro fueron desapareciendo, electrocutados. Ya no se supo nunca más de ellos, convertidos en alimento del monstruo, se decía. Ni por el aire lograron hacer su gran negocio. La isla era un vórtice de muerte por rayos ascendentes y los helicópteros, aviones y drones caían al suelo como hojas muertas tras descargas eléctricas letales.

Finalmente, la Isla del Resplandor fue una señal continua más en el mar, como las salidas y las puestas del sol, olvidada de todos excepto de sus peligros.

Hasta entonces el proceso de degradación vital del monstruo era imparable. Su búsqueda de simplificación se había convertido en degradación, y ya no sentía nada por los demás humanos. Hasta ese día. Nunca había visto una mujer tan hermosa con tan mala suerte. La acompañó hasta el pico más alto de la isla, donde vivían la tilansias, le aconsejó beber su néctar y, tras chupar sus hojas y flores rojas, Almar vio.

- ¡Veo, veo, veo todo! – dijo la nueva vidente – gracias Midas.

Sí, veía la planta dentro de su minúsculo mundo verde. Y el cielo. Y el suelo, con todo el brillo de la pobre isla desolada por el oro. Pudo ver el resplandor de la estrella de Adán, que brillaba en el cielo. Cuando cayó la estrella y se diluyó dentro de sus iris desapareciendo para siempre, los ojos de Almar refulgieron. Su mirada sería desde entonces una fuente de oro.

A Almar le costó contener su repulsión ante la pobre imagen de su salvador. Nunca había visto un ser tan desvalido, tan maloliente y tan deshumanizado. La felicidad de poder volver a su etapa de vidente le insufló instinto maternal hacia él. Ahora debía cumplir su parte del trato.

Era un día frío en la sierra de Vicor. Midas había encontrado lo que buscaba, ser útil como bosquero.

- Midas, tira ya – le dijo el neo-rural que le acompañaba.

Estaban recuperando un antiguo sendero, abandonado a partir de la llegada de los vehículos de motor. Ambos tiraron de la cuerda que sujetaba un tronco caído que impedía el paso.

- Uno, dos y tres. ¡Yaaa!

La cuerda se tensó, los músculos se tensaron y el tronco seco, lleno de agujeros de pájaros carpinteros, cedió, colocándose a un lado del sendero, dejando libre el paso. Midas, ya vestido, con la uñas, barba y pelo cortados a la moda, sonrió un día más. Otra ruta por el bosque, del que nunca se alejaba, que compartía con senderistas, jabalís, cabras y corzos. Ahora era feliz bajo el verdor que constituía su techo.

Almar había heredado un poder de Midas. Ahora podía almear, mucho más que mirar. Todo a su alrededor se convirtió en una mina de oro, y su mirada hechizaría desde entonces a cualquiera que la mirara. Su mirada y su respiración se convertían en pepitas de oro que las personas con quienes estaba podían recuperar al mear. Su empresa de nuevos wáteres con filtro y cajón de recuperación de pepitas de oro se había convertido en tendencia y la empresa de Almar sería número uno mundial de wáteres durante muchos años.

Y dolarín dorado, este cuento se ha acabado.

CUENTO DE LA GATA Y EL PICATRONCOS

(Dedicado a Iris)

Jana, joven aragonesa
Nice, gata
Turrurún, pájaro carpintero

Desde su casa alquilada en Bedford (Inglaterra), Jana comprobó por primera vez que funcionaba bien el chip remoto multi-función que había implantado a su gata Nice. Su chico seguro que estaba enfrascado de nuevo con las baterías novísima generación, así que, mientras esperaba, quiso tener cerca a sus amores aragoneses.

Le dolía la tripa. Se sentó en el sofá que daba a la arboleda y se conectó. La nueva tecnología permitía oír, ver y recibir telepáticamente vía narrador el significado de las acciones que iba desarrollando su gata. Dio al Play y la imagen y sonido aparecieron inmediatamente en su campo audiovisual:

(10:05 AM local > 11:05 AM Tarazona (Zaragoza) SPAIN)

"Nice echaba de menos a su dueña. Desde que esta se fue tenía comida, aunque entonces las caricias del viejo escaseaban. Esa noche decidió que pariría en el monte. Era su tercer embarazo y hasta entonces siempre había pasado lo mismo: caricias post-parto con desaparición progresiva de sus hijos, sin saber qué les pasaba; caricias y toquiteos a los cachorros restantes cuando ya abrían los ojos y, al final, volvía a comprobar que se había quedado sin ninguno de ellos.

-¡Se los llevan los clientes!– se dijo Nice. Vivía en una casa rural y allí el tráfico de personas era continuo los fines de semana.

Amiga del gato macho de la casa, con quien también había compartido sus genes, pensó hacer como él, usar la casa para comer y guarecerse del frío, pero el resto del tiempo vivir fuera, primero en el jardín, después de horma en horma hasta visitar las cuevas, antiguas bodegas excavadas en la tierra, ya hace tiempo sin puertas y casi ocultas por los zarzales que crecían ilimitadamente sin molestias humanas. Allí residía una gran colonia de gatos, quienes solo visitaban a sus amos, si los tenían, cuando estaban heridos o tenían hambre.

No le resultó tan fácil como pensaba vivir con aquella barahúnda de salvajes, algunos completamente homeless, que se atacaban por el menor motivo. Hasta un simple ratón de campo podía desatar una batalla campal de vecinos. Nice era una gata pacífica, de voz baja y tranquila, de finísimo pelaje blanco y negro en el que era imposible encontrar ninguna simetría, en resumen, una vulgar gata de pueblo. Pero sus ojos verdes hacía tiempo que formaban parte de la pantalla de bienvenida del móvil de su ama. Tan bien cuidada llegó a las antiguas bodegas que todos la consideraron una más de las gatas robot, esterilizadas siguiendo la moda urbana, sin más función que evitar la soledad a sus amos que vivían en pisos de solitarios. Pero ella estaba íntegra y preñada.

Tras un día de desasosiego pasado entre enemigos regidos por el egoísmo, decidió que aquellas cuevas no eran lugar adecuado para criar a su próxima camada. Si se quedaba allí tendría que luchar y probablemente iría perdiéndolos en boca de sus hambrientos vecinos. Miró hacia arriba de la montaña y decidió aventurarse en el bosque. Nunca había subido allí, no sabía cómo alimentarse, ni qué otros animales se encontraría, pero su instinto reproductor prevaleció…"

(Time over. Over-estimulation)

Jana se vio inútil en la distancia. La joven quería estar cogiendo a la gata, preparar un cajón para el parto… Demasiado tarde. Tenía que llamar a su padre.

- ¡Hola! Buenas tardes, Jana. ¿Todo bien? – oyó la voz que le llegaba desde Aragón.

- ¡Papá, se te ha escapado la gata! ¡Se ha ido a parir al monte!

- Bueno, mejor. Menos problemas… a no ser que me quiera traer después toda la prole criada.

- ¡Ve a buscarla! Aún debe estar por las bodegas.

- Ya veré a ver – dijo el padre, con nula intención de buscar gatos – ¿Has estado mirando el visor remoto? ¿Pero no te ha limitado el uso de pantallas la sicóloga? – protestó el padre.

Jana era una víctima más de la fiebre de consumo de estimulaciones flash. Su permanencia tan frecuente frente a las radiaciones de pantallas había provocado sendos orzuelos en sus ojos, que, a pesar de que ella quería achacarlo a su mala alimentación, eran prueba evidente de una vida enganchada a la red.

- El programa tiene timeover. No puedo estar conectada más de 10 minutos y no puedo reiniciarlo hasta pasadas 24 horas.

- ¿Y lo cumples?

- ¡Qué remedio! – dijo Jana, elevando los hombros.

Ella ya sabía que a partir de entonces el tratamiento anti-pantallas le obligaría a llevar vida socializada el resto del día. Aunque al día siguiente estaría impaciente por saber qué le había pasado a la gata, tendría que pasar el día conviviendo con su amigo. Vida en casa, sin coche, tampoco demasiado dinero, en fin, un idilio soñado hecho realidad. A esperar. Tendría que hablar en inglés con él, tras el breve descanso mental de usar su lengua madre. A la distancia echaba cada vez más de menos su tierra. Y tuvo que reconocer que no había nada en el mundo que quisiera más que a su móvil. Tembló al pensar que también lo prefería a su amante.

Momentáneamente se interesó por el último suceso del periódico. Un joven mal estudiante que había asesinado a sus padres y hermano con una escopeta tras quedarse sin wifi como castigo a sus malas notas. ¿Era posible? Hasta ahí no podía llegar la pandemia mediática que también le afectaba a ella. Seguro que sería una noticia que atraía a leer un periódico comarcal que vivía de los anuncios. Desgraciadamente había sido cierto y pronto la noticia desbordó las fronteras comarcales. La libertad egoísta generaba monstruos. Como siempre, fue rumiando sus reflexiones echada en el sofá, hasta que el sueño la inundó otro día más.

Aunque la conexión vía chip se cortó siguiendo las terapias psicológicas, la vida real de Nice seguía existiendo. Mientras los párpados de su ama se iban cerrando, alejándose de las contradicciones del mundo desarrollado, la gata iba ascendiendo por la umbría de la sierra en dirección al pinar centenario que dominaba el barranco. No fue el mejor día para aventuras, llovía intermitentemente, las hojas de los árboles iban duchándola y las hierbas por las que pasaba le mojaban las patas y la tripa, aún más cuando intentaba esquivar las punzas de gabardas, espinos y aliagas, representantes tradicionales de los bosques deforestados.

La noche se acercaba, favorecida por el intenso nublado sobre el valle, por lo que Nice tuvo que buscar refugio. Un ruido rápido la dirigió hacia una antigua paridera, dominada por las zarzas. Era un pequeño edificio salvajizado, con paredes de tapial que se resistían a caer, sujetando en un lado un tejado hace tiempo destejado, en el que algunas vigas sacadas de antiguas choperas resistían el peso de los cañizos y la tierra, colocadas allí en los antiguos tiempos en los que aún había ganado. El olor era inconfundible. Estaba en una residencia de ratones. Aún quedaba paja en el suelo del último ganado que vivió allí, por lo que Nice apreció su sequedad y consiguió un efecto toalla dándose vueltas sobre ella. La oscuridad era ya completa, pero antes de dormir le faltaba alimento que echarse al estómago, hambre del que tiraban sus nuevos embriones. Necesitaba un ratón. Cuando Jana estaba en casa, la gata, teóricamente cazadora, nunca había tenido paciencia para seguir el instinto de ponerse a espera, aguantar una larga espera, frente al agujero de refugio en el que ella sabía que al final tendría que salir el ratón a comer o a ser comido. Las galletas de su dosificador hasta entonces le habían proporcionado suficiente alimento y, aunque no tan atractivas como la caza, el juego y la ingestión de ratones, eran mucho más fáciles de conseguir antes de quedarse dormida con la tripa llena.

Pero en el hundido no había galletas. Tuvo que desarrollar su instinto y esperar largas horas hasta que un ratón joven, dominado por el hambre, acabó en las garras de Nice. Su chillido transmitió sin ninguna duda al resto de la colonia de ratones que aquella noche no iban a cenar, y que la gata iba a cenar carne.

Cuando se hizo de día, ya brillaba el sol como de costumbre. Vivía en la España Seca. Era la hora de irse al bosque. Tras pasar algunos campos de almendros y cerezos abandonados, a disposición de jabalíes y corzos cuando llegaba la temporada, quedó impresionada por el porte de los pinos. Estaba ante una verdadera muralla verde y gris, un pinar de grandes troncos, donde el tamaño de un felino quedaba reducido a un volumen minúsculo, incluso menor que algunas piedras que habían rodado desde los riscos de la copa de la sierra. Estuvo pensando en volverse a la paridera, donde podría parir cuando le tocara, con paja seca y caliente bajo los restos de tejado, con comida cerca, donde dominaba el espacio… pero oyó el repiqueteo de Turrurún.

En el centro del pinar a intervalos cada vez más próximos, el carpintero Turrurún seguía haciéndose otro nido en el pobre pino seco que venía siendo horadado desde hacía años. Apoyado en una cola con plumas como escarpias y patas de cuatro dedos opuestos 2 contra 2, el martilleo incesante y rapidísimo dominaba el bosque. Su resorte cerebral le permitía esa ardua labor, para la que estaba genéticamente adaptado. Uno, dos tres, hasta 8 agujeros circulares, todos de unos 6 cm de diámetro, conservaban la historia de varias generaciones de pájaros carpinteros que allí vivían. En uno de ellos había nacido él, pero ya no permanecían por allí ni padres ni hermanos. O se había ido a otros lugares del extenso pinar o habían muerto por las rapaces que acudían a buscarlos atraídas por el sonoro lenguaje de su pico resorte.

Bajo el árbol tótem, Nice se quedó asombrada ante la vista del trabajo que los pájaros taladradores habían hecho en el tronco. No había visto jamás algo parecido.

Aún más asombrada se quedó Jana, cuando pudo volver a engancharse a la red y ver a distancia a la gata en el pinar. Ella tampoco solía ir al monte, y creía que los pájaros carpinteros solo eran personajes de ficción en los cuentos infantiles que le leían cuando era niña.

- Pero, ¿qué estás haciendo, Nice? – dijo enfadada, aunque desde el otro lado la gata no podía verla ni comunicarse con ella.

- ¿Quién eres? ¿Qué haces ahí? – oyó que Nice decía al picatroncos.

- ¿Y tú? ¿Eres otra fiera? Pues no abundan ni nada por aquí. Pero de tu color blanquinegro no había visto nunca – dijo el carpintero a la gata sin contestar su pregunta.

- Soy Nice. He venido a asilvestrarme. Quiero parir y vivir libre.

- En este mundo la libertad se reduce a tener comida y vivir evitando que te maten. Casi todos somos enemigos.

- ¿Por eso vives tan alto? ¿Y para qué son los agujeros?

- Soy Turrurún, el pájaro carpintero. Nací así. Así es como hacemos nuestras casas, y aquí es donde ponemos huevos y tenemos a nuestros hijos. ¿Tú vas a hacerte un nido también?

- No lo había pensado. Los gatos no ponemos huevos. Pero tenemos que cuidar a nuestras crías. Nacen ciegas. No hacen más que mamar. ¿Tú les das de mamar?

- Los pájaros no tenemos tetas. Les damos papilla por la boca.

- Tengo que buscar un sitio para criar a mis hijos. Pensaba volver a un hundido, pero está demasiado cerca de los otros gatos, y a veces tienen hambre. ¿Se ve desde esa altura algún sitio apropiado para que para yo?

- Sabes escalar ¿no?

- Sí, pero esto es muy alto. A ti te cuesta menos.

- Yo no necesito más nidos. En este árbol seco tengo todos los que quiero.

A Nice no le quedó más remedio que ascender por el tronco. Cuando llegó al primer nido, hacía años ya sin huevos, empezaron a protestar las ardillas.

- ¿A dónde vas, desgraciada? ¡Que te puedes matar! ¡Baja de ahí!

Nice comprendió que el antiguo nido se había reconvertido en almacén de frutos secos para los roedores. Y se alegró de tener comida cerca. Pero las ardillas, con una habilidad a la que ella no podía igualar, fueron ascendiendo hasta llegar a las ramas más altas y flexibles de los árboles vivos próximos al tronco seco, donde eran inalcanzables.

- Yo no como avellanas, pero tengo dientes fuertes. Si queréis os casco una cuantas. Mirad – y comenzó la inesperada labor, que la gata no estaba segura de poder realizar, pero las ardillas oyeron pronto el crujido de las cáscaras de avellana. Tuvo buen cuidado de lanzar la mayoría de las semillas a los pies del árbol. Sabía que no llegarían a germinar. Tenía que esperar a la noche y ponerse a espera para cenar. Paciencia. A salto de longitud no le iban a ganar.

- Vete, vete de ahí – le dijeron - Nos va bien para los dientes roer cáscaras duras. Te hemos oído. Si buscas refugio para tus cachorros vete a la mina. Antes era refugio de conejos, pero hace tiempo que se extinguieron.

- ¿Dónde puedo encontrarla? – dijo Nice, mientras seguía cascando avellanas para tirarlas al suelo.

- Bajo la noguera. Desde aquí ve hacia el este. Es la única. Allí tendrás todo el espacio que quieras y no pasarás ni lluvia ni frío. ¡Pero deja de cascar nuestra comida!

En ese momento, Jana volvió a quedarse desconectada de su tierra, pero adivinó que a Nice no le costaría encontrar la noguera, porque en la casa había vivido bajo otra noguera centenaria y a menudo se subía a las ramas. Sabía que la reconocería en cuanto la viera.

- ¡Lo mataré! – dijo la joven sin demasiado enfado, pensando en la dejadez de su padre, más acusada desde que ella se fue - ¿cuándo podré volver?

Cansada de pulular entre cuatro paredes, se fue a la cocina a preparar algo para calmarse.

Mientras tanto, olvidada de su vida urbanizada a la fuerza, Nice siguió adelante con sus planes. Antes de ir hacia el este tenía que comer. Bajó al suelo, se escondió tras unas matas y durmió hasta la noche. El olor de las avellanas seguro que atraía a su presa cerca de ella. Y así fue. A medianoche, oyó pequeños pasos junto al árbol seco. Como un resorte, saltó con las uñas lo más largas que pudo sacar y en unos instantes estaba jugueteando con una joven ardilla, que se estaba muriendo de miedo antes de que los colmillos de la gata la mataran definitivamente con la presa final.

Al día siguiente Nice encontró la gran noguera y, penetrando entre rocas y zarzas llegó a un mundo oscuro desconocido. No se introdujo muy adentro, la luz se iba perdiendo hacia el interior. Se dio cuenta de que la cueva sin duda había sido tallada a pico y cortafríos por humanos. Sí, era una mina de las que hablaban sus amos con invitados cuando les faltaban temas actuales de conversación. ¿Eran antiguas minas de plata, cobre, barita... que supuestamente habían existido en el valle desde la época romana?

El olor no era demasiado agradable. El gran boquete, en el que una persona de pie no se daría coscorrones en el techo, era el refugio de día de los murciélagos y de noche de las grajas. El suelo estaba cubierto de un palmo de fiemo que sus amos hasta podrían haber aprovechado para abonar el jardín. Era mejor quedarse a la entrada.

Nice imaginó que bajo un nogal abandonado no faltarían roedores en busca de alimento, de los que ella podría alimentarse a su vez. Ahora a parir. Ya era su tercera preñez y sabía qué tenía que hacer. El instinto se lo dictaría de nuevo: cortar con los dientes los cordones umbilicales, lamer con su lengua rasposa los restos de parias, especialmente el morro de los pequeños para permitirles que respiraran bien y ponerlos a mamar, dándoles todo el calor que necesitaban.

Esa noche parió y el parto se desarrolló como había previsto. Su primer gatito parecía ser todo blanco, pues tenía una piel clara y uniforme. Hijo del gato blanco. Pobrecillo, tan frágil, intentando a ciegas llegar al pezón de la madre que le aseguraría la supervivencia. Después fue uno negro, luego uno marrón, otro bicolor y finalmente otro a pintas, la piel no engañaba. Nice tuvo que arrimar con su morro a algunos hasta que encontraban una teta, pero pronto la nueva familia numerosa descansó.

Pasaron las horas y la leche le seguía fluyendo, vaciando sus entrañas y pidiendo que se alimentara para poder seguir alimentando a sus cinco cachorros. Afortunadamente era época de cosecha y las nueces en el suelo iniciaban la cadena ecológica. Muchos animales comían nueces y Nice se iría comiendo a los más despistados.

No esperaba tener demasiados problemas en su amplia guarida, pero no contaba con el carácter omnívoro de las aves que usaban la cueva como dormitorio. Era el momento del amanecer cuando la bandada de grajas abandonaba ruidosamente la cueva. En cuanto se despistó la gata, una de ellas agarró a su gatito blanco y lo devoró sobre una rama. Nice intentó subir a la rama, pero el ave fue toreándola, volando de rama en rama con el cadáver a medio comer, luego huyó con su presa. Ya no vería más a su hijo.

- ¡Maldita! ¡Asesina!¡Cómo me gustaría tener alas para atravesarte el cuello! – dijo exasperada.

- Turrurún, Turrurún, Turrurún…

Era la voz inconfundible del picatroncos, que se acercaba en ese momento, y tras el melodioso vuelo se había posado en la rama más alta de la noguera, ya seca.

- ¿Qué te sucede? – Nice oyó la cantarina voz de Turrurún.

- Las grajas. ¡Me han matado un hijo!

- No debes abandonarlos nunca. Son una delicia para muchos animales.

- Para ti también, ¿no?

- No. Solo como termitas y gusanos. Me sobran. Abundan en los troncos secos.

- Yo tengo que salir a cazar para alimentarnos y durante ese tiempo no tengo a nadie que me los cuide.

- ¿No tienes marido?

- Los gatos machos, tras darnos placer cuando estamos en celo, desaparecen de nuestras vidas. Toda la crianza es para las madres.

- Te los puedo cuidar yo.

- ¿De verdad? Tú tienes marido, ¿no?

- Yo soy el marido. Mi mujer está poniendo huevos. En color somos muy parecidos.

- ¿Pero lograrás espantar a las grajas?

- Seguro. Voy a hacer otro nido en esta rama seca de noguera. Veo que tiene gusanos. Mi potente voz y los fuertes picotazos que doy, hasta 10.000 al día, asustan a las demás aves del bosque. Pronto se cambiarán de dormitorio, ya verás.

- Siendo así, te lo agradeceré.

- Pero con una condición. Quiero que me des un hijo tuyo cuando los destetes. Sé que en cuanto los desvezas ya no quieres cuidarlos más.

- ¿Te sirve mi caganidos?

- ¿El más pequeño? Sí, es el mejor.

- ¿Para qué lo queréis?

- Tranquila. Lo cuidaremos bien.

El trato se cumplió. Turrurún se dedicó a espantar grajas cuando Nice salía a cazar y el resto de cachorros crecieron sanos y bien alimentados. Turrurún después se llevó al caganidos hasta su nido, consiguiendo apartar a las ardillas de los huevos y luego de las crías de picatroncos. El nuevo guardián cazó y se comió a las ardillas más osadas. Y la puesta de picatroncos se convirtió en una nueva generación de aves sanas

Un día Nice decidió regresar a su casa. Sabía que la vida con humanos era más cómoda y la comida mucho más fácil de encontrar. Pensó que sus hijos se quedarían en el monte, pero la siguieron todos hasta llegar al dosificador de galletas, su supermercado gratis.

- ¡Nice! ¡Al fin te veo, sinvergüenza! ¡Y vienes acompañada!¡Uno, dos, tres, cuatro gatos! ¿Y qué haremos ahora? – dijo Jana.

Los cinco gatos fueron inmediatamente a su comedero. Jana tenía una sorpresa para ellos.

- ¡Mira Nice!

Jana estaba abrazando a su bebé, que sonreía, asombrado al ver a los nuevos juguetes vivos que tenía cerca, estirando los brazos en un impulso atávico de acariciarlos.

- Son demasiados, tengo que ponerlos inmediatamente en venta o regalo. Ya tengo bastante con mi propio cachorro – dijo la joven madre.

. Y así fue. Al día siguiente en un anuncio de "Se regalan cachorros" de un web de ventas entre particulares, la foto de los 4 gatitos destacaba y uno a uno fueron llegando a la casa de sus nuevos dueños. Nice siguió tumbada al sol cuando hacía buen tiempo, a la sombra cuando el sol apretaba, y sobre una toalla doblada junto al radiador cuando el termómetro indicaba heladas. Y volvió a necesitar las caricias de sus dueños pues, como les pasaba a las personas, a Nice no le gustaba la soledad.

CUENTO DE LA LIBÉLULA Y EL BARBO

(Dedicado a Laura)

Laura, abuela
Lala, nieta
Silfi, libélula
Barro, barbo

- Espera, cielo, que estoy oyendo – dijo la abuela.

Laura, ya cansada de ver por enésima vez el dibujo animado favorito de su nieta Lala, se había puesto a oír el Soneto a Laura que robó su marido, ahora fallecido, al divino poeta Petrarca y que le hacía recordar una vez más su voz pausada, nacida de un poema llegado desde la Toscana de hacía ya casi 700 años.

- *"Paz no encuentro ni puedo hacer la guerra,*
y ardo y soy hielo; y temo y todo aplazo;

y vuelo sobre el cielo y yazgo en tierra;
y nada aprieto y todo el mundo abrazo.

Quien me tiene en prisión, ni abre ni cierra,
ni me retiene ni me suelta el lazo;
y no me mata Amor ni me deshierra,
ni me quiere ni quita mi embarazo…

- Ni…ni, y… y – era un lenguaje elevado, cada vez más incomprensible para mentes materialistas filtradas por los medios de consumo a los que todos estaban enganchados.

- Yaya, ¿el yayo otra vez? ¡Mira…! - siguió insistiendo la nieta.

- *"Veo sin ojos y sin lengua grito;*
y pido ayuda y parecer anhelo;
a otros amo y por mí me siento odiado.

Llorando grito y el dolor transito;
muerte y vida me dan igual desvelo;
por vos estoy, Señora, en este estado".

Acabado el poema, las lágrimas le volvieron a aflorar, como siempre. Hubiera querido que reinara la vida de dos cónyuges, pero no, la muerte era definitiva desgraciadamente. Solo le quedaba su audio poema y unas fotos de los años de emparejamiento.

- ¿Yaya, a que es chuli? – siguió insistiendo Lala.

Laura no tuvo más remedio que mirar a la imagen que le mostraba su nieta con tanto interés. Increíble. Era una foto a gran resolución de un trozo de ala de libélula, formada por una amalgama de diversos contornos transparentes complementarios, a veces intensificados por gotas de agua superpuestas. No había duda, su nieta tenía sensibilidad de artista.

- Es una libélula, tesoro. Tienen alas transparentes.

- ¿Transparentes? Yo no he visto nunca alas transparentes.

- No te fijas. ¿Cómo son las alas de las moscas? ¿Y las de las abejas?

- Es verdad.

- Las libélulas son preciosas. Las veía de pequeña en la balsa del Prosoto. Vuelan como helicópteros. Bueno, inventaron los helicópteros, lo dedujeron los humanos al observarlas.

- ¡Cuéntame un cuento de libélulas! Seguro que te sabes alguno.

- ¿Un cuento? Vale, va. Te cuento el cuento de Silfi.

- ¡Bien! – la niña se desconectó de redes y ondas y activó sus oídos al máximo, en completa inmovilidad, esperando oír un cuento más de su abuela. Le encantaban sus historias.

A la abuela también le gustaba imaginarse vidas de animales. Cuanto más sabía la nieta de animales, más se interesaba por ellos y más los quería, sobre todas las cosas. Y ver chispear los ojos de Lala hacía feliz a Laura.

- Érase una vez una libélula hembra llamada Silfi. Tenía un color azul metalizado y cuatro alas transparentes con una manchita negra en las puntas. Se había abierto su antigua camisa de ninfa acuática, acababa de salir del agua y ahora volaba sobre una balsa de cemento llena de pan de rana, esperando que se le acercara algún pequeño insecto…

- Espera, yaya. ¿De verdad que tienen 4 alas? ¿Y viven también en el agua?

- Demasiadas preguntas. Sí, 4 alas, como tu helicóptero ventilador de juguete que tenías de más pequeña.

- Ah, sí…

- Y su vida es muy curiosa. Ponen huevos en el agua y hasta que no se hacen adultas viven siempre en el agua. Después salen a la orilla y cambian de camisa, les salen alas y ya de adultas solo acercan su abdomen a la superficie del agua para poner huevos.

- ¡Qué curioso!

- Sí, cambian de sistema de respiración.

- ¿Puedo ver como son, yaya?

- Sí, busquemos imágenes.

Y la vida de las libélulas fue apareciendo en la pantalla personal de Lala, en todas sus formas y estados de metamorfosis. En especial le llamó la atención un vídeo con imágenes espectaculares de estos insectos, protagonizado precisamente por una libélula llamada Silfi. Al momento se había olvidado de su abuela, enfrascada en el relato audio-visual.

"*El verano había llegado y Silfi estaba disfrutando de su libertad, planeando continuamente de un lado a otro de la balsa, con algunas incursiones cerca de la fuente que permitía mantener un buen nivel de agua, en busca de insectos que eran su presa y alimento.*

Desde que salió del agua estaba esperando que le saliera novio, volando interminablemente

- No me hables como un libro, abuela. Dime qué le pasó a Silfi. Esperaba novio… ¿y?

- *Tuvo un flechazo con una libélula macho de color similar. Cuando entre ambos entrelazados formaron con sus cuerpos un corazón, se comprometieron. Después, el macho, como hacen siempre, le ayudó a que se agarrara al final de su abdomen, para a su vez agarrarse al final del abdomen de Silfi, para que ella pudiera introducirse en el agua y poner muchos, muchos huevos en la balsa.*

Debajo del mundo aéreo, en el fondo del mundo acuático, Barro se desperezó entre la badina, movió sus bigotes carnosos que tan útiles le eran en esos fondos de imágenes borrosas y, al parpadear, sintió una vez más la punzada provocada por la basura humana arrojada al agua, que tanto le molestaba y que había hecho de él un barbo tuerto. Durante sus horas despierto, su máxima preocupación era buscar comida entre las numerosas especies de insectos acuáticos con los que compartía la balsa y que iba diezmando año tras año, aunque a veces no

despreciaba a los que vivían sobre la superficie, a los que atrapaba dando un salto fuera del agua, un ejercicio que le permitía mantener activada su agilidad.

Cuando vio a Silfi pensó que tenía una nueva oportunidad de desperezarse. Saltó sin pensárselo, pero la aguda visión de la libélula la previno, haciéndole fallar la captura, que el pobre Barro había pensado se iba a convertir en su almuerzo.

-Huy, casi me pilla – dijo Silfi, apartándose prudencialmente de la superficie, no consciente del todo de las verdaderas intenciones del salto.

- Otra vez me falla la vista – pensó el barbo, con tristeza.

Así era. Desde que la jeringa le pinchó el ojo, la eficacia de sus capturas hacía caído en picado. No enfocaba como debía y sus posibles presas seguirían vivas.

- ¡Qué vida! Me voy a tener que alimentar de los restos del fondo. ¡Qué vergüenza! Un barbo carroñero.

Barro era el rey de la balsa, pero no tenía peces súbditos. Era el único superviviente del pozal de barbos y madrillas que el año anterior el propietario de la finca había echado en su balsa de riego, cuando la sequía convertía el curso de agua del río estacional en pequeñas pozas aisladas, donde se amontonaban los peces esperando ser devorados por las andarrías o por los agricultores que trabajaban en las fincas de la ribera. Ahora la función de Barro en la balsa se reducía a pasar los días comiendo, esperando a la muerte. Pero la sequía atroz de ese año cambiaría sus planes.

Se quedó un momento flotando junto a la superficie del agua, llamando la atención de la libélula.

- Buscas insectos ¿no? Como yo – dijo Barro.

- Yo también soy insecto – dijo Silfi.

- No me alimento de libélulas – explicó con convicción Barro.

- Ya, si no me pillas. ¿Y qué haces aquí? No veo más peces. ¿Estás solo?

- Soy muy desgraciado. Nací en la tierra, me llevaron al agua y aquí malvivo sin ningún otro de mi especie. ¡Qué desgracia!

- ¿Cómo que naciste en la tierra?

- Mi madre era una dipnoi africana, pulmonada, que podía respirar fuera del agua. Mi padre era un barbo de río. Pasaron un tiempo juntos en el río Salé, entre esa ciudad y Rabat, en Marruecos. La contaminación galopante de esas urbes les hizo remontar el curso del río todo lo arriba que pudieron. Pero no habían previsto la sequía. Pronto el caudal del río en su cabecera se transformó en pozas separadas, a disposición de los picos de las cigüeñas. Mi madre se enterró en el fango, siguiendo la conducta de su especie, antes de que el resto de animales de la poza fueran devorados por las aves que allí vivían. Cuando las lluvias volvieron a llenar el río, la costra de la orilla se convirtió en barro. Allí nací yo, uno más de los huevos y luego alevines que abrían los ojos a la vida. Pronto caí en una red de pesca, para convertirme inmediatamente en el amigo preferido del hijo menor de una familia de pescadores del río. Era su mascota y con él pasé a Europa. Luego encontró esta balsa cuando lo contrataron para coger cerezas. El chorro

cantarín de agua que caía de la fuente lo convenció de que este era el mejor lugar para mí. Desde entonces vivo aquí esperando la comida o la muerte.

- Vaya viaje. Y no puedes salir, claro...

- Os envidio cuando os veo volar por encima del agua.

- Nosotras vivimos también dentro del agua cuando somos pequeñas.

Barro guardó silencio. No podía decirle que las larvas de libélula constituían parte de su dieta.

Ambos oyeron los pasos del agricultor que venía a regar los cerezos, mitigando el bochorno y las temperaturas asfixiantes de aquel verano. Tras beberse un vaso de agua hecho con hoja de higuera, abrió la llave dela taponera y los árboles pudieron resistir más con la ayuda del agua que pacientemente iba vertiéndose en la balsa desde la fuente.

Pero la sequía duró más de lo previsto. Tras agosto llegó septiembre, sin lluvia, y octubre también seco. Silfi, no tuvo que huir. Había vivido el máximo para su especie, casi 2 meses, sirviendo al fin de alimento al pez solitario.

La balsa de Barro se hizo barro, luego el barro se secó. Todas las algas y larvas murieron, los caracoles de agua se escondieron para ver si podían resistir hasta la llegada de las lluvias. ¿Y Barro? Aprovechó la oportunidad para huir de su cárcel acuática, salió de la taponera y se enterró bajo los restos de barro que llenaron las acequias, el último suspiro de humedad de aquel año funesto. Agradeció a su madre que en su hibridación hubiera heredado de ella los pulmones, que permitían a tan pocos peces sobrevivir fuera del agua.

Y allí se quedó, enterrado, dormido, soñando en la estación de las lluvias, cuando el agua volviera a darle vida activa. Todavía no sabía que el campesino se había hartado de tan pocos beneficios de su finca y era ya un obrero en la cadena de fabricación de coches.

Volvieron las lluvias al campo, las semillas se hicieron hierbas, y yedras, y zarzas, y los árboles más frágiles fueron secándose, dejando paso a las especies salvajes adaptadas a vivir sin cuidados humanos. La balsa se llenó y la fuente volvió a dar su continua sintonía del agua.

Una mañana, Laura y Lala paseaban por el campo asilvestrado. La abuela, como maestra jubilada, disfrutaba explicándole Biología en directo.

- ¿Somos nosotras las del cuento? – dijo Lala.

- Déjame que acabe, cielo – la abuela sabía que lo que más le gustaba a Lala era ser un personaje de sus cuentos.

"... y la abuela siguió explicando:

- Mira Lala, esta finca era de nuestros antepasados. Antes había árboles que daban muchas cerezas y muchos melocotones, dulces y gordos.

- Ahora es un bosque, yaya.

- Sí, hija. La agricultura ha muerto aquí.

- ¿Y los melocotones que comemos?

- Los traen del extranjero. Vienen todos los días camiones, hasta transportan en avión. Pero vamos a ver si podemos beber agua de la fuente. ¡Mira cuántas libélulas!

- ¡Sí! ¿Pero esto qué es? Mira, abuela. ¡Un bicho!

Fuera de la balsa, delante de ellas, liberándose por primera vez del barro remojado por las lluvias, Barro volvía a la vida activa.

- *¡Un barbo, Lala!*
- *Lleva bigotes.*
- *Sí, algunos llevan. ¿Lo cogemos?*
- *Sí, yaya, cógemelo para el acuario.*

Y esa tarde Lala pudo observar en su casa la forma y movimientos de un sinuoso ser que nunca antes se había encontrado en una "balsa" con calefacción y comida dosificada. Y colorín colorado, este cuento se ha acabado.

- ¿Te ha gustado, Lala?
- Sí.
- Vamos a ver ahora el acuario, venga.

Ante los ojos asombrados de Lala, un nuevo inquilino del acuario la miraba ahora con tanta extrañeza como tenía ella hacia él.

- Regalo de primavera, cariño.
- ¡Bien! Gracias abuela.

Y esa noche Lala se durmió tras vídeos, fotos y textos de la vida dentro del agua.

Para otras Lalas que quieran saber más:

http://www.libelulapedia.com/

CUENTO DE LA GARZA Y LA PICARAZA

(Dedicado a Minerva)

Heron, garza
Miherba, chica joven
Raca, picaraza hembra
Urra, picaraza macho

Miherba iba tras su novio en la moto que para él suponía todo. Ese día pensaron aventurarse más allá del asfalto. La moto subía la cuesta de la pista sin asfaltar sin saber muy bien adónde iba. Tras varias curvas y ruidosas cuestas arriba, finalmente llegaron a la fuente. Agua, bocadillo y sombra bajo los pinos, una explosión de paz y silencio que les trastornaba los oídos, demasiado acostumbrados a los latidos urbanos, incrédulos, inseguros, alterados por el vacío circundante en ese lugar.

- ¿Qué es eso? – dijo la joven cuando Heron levantó el vuelo.

- Un pajarraco. Es grande... y negro. No lo había visto nunca – dijo el novio, sin prestarle excesiva atención.

- Ah, sí. La garza que vive sola en el valle. La del cuento que me contó mi padre.

Tumbados en la hierba, por la mente de Miherba volvió a pasar el relato de su infancia, cuando su padre se sentaba junto a la cama para relajarla antes de dormir.

"…Heron era una garza acostumbrada a vivir donde no debía. Ignorada por las otras garzas de su generación, o acosada por su color negro, fue huyendo de su comunidad hasta acabar en un valle donde las demás congéneres no se les habría ocurrido vivir por su poca agua, esencial para la vida de la especie. Pero Heron había logrado sobrevivir visitando a diario las diversas balsas de riego, la mayoría abandonadas, donde iba esquilmando pacientemente cualquier resto de vida acuática que encontraba, fuera fauna autóctona o peces de colores echados allí como adorno, cuando las familias aún soñaban con disfrutar de la casita del pueblo.

Por las noches la garza soñaba con su pasado infantil junto al gran río y a los pantanos. Esa era la tierra donde las otras vivían, dedicándose a acicalar sus plumas, rectas, largas, blancas, limpias y brillantes, que atrajeran a la cópula, momento en que las cámaras de los visitantes de pago procuraban eternizar las escenas en vivo y en directo que erotizaban sus fantasías durante las estancias turísticas en el parque.

Al amanecer la colonia de grazas iniciaba una conversación incesante, ampliada hasta la algarabía, cuando los multi-dosificadores automáticos volvían a llenar los comederos de peces. Y los graznidos solo remitían mucho después, cuando al atardecer la luz iba desapareciendo, invitando al sueño en las copas altas de los árboles de ribera, alejados de depredadores.

Heron al principio había vivido siguiendo gregariamente las normas de su bandada. Graznaba, tragaba sardinas y ranas cuando la sirena los llamaba a los comederos, y después dormía. Pero la inmovilidad se volvió su enemiga inevitable. Los vómitos y caguerillas que sufría eran cada vez más frecuentes, pero más preocupante aún era el vacío. Acabó por no relacionarse con nadie. Vida asocial que la alejaba progresivamente de su grupo, en forma de quejido sin fundamento ni alternativa.

- ¡Ay mísera de mí, ay infeliz!

Su progresivo rechazo a la tribu se convertía en una búsqueda como norma sin que se decidiera a cambiar nada. Las vidas de las demás grullas seguían un devenir continuo que permitía mantener y hasta hacer crecer al grupo. Los corazones de sus congéneres latían de hambre y pasión, y ya satisfechos, los eslabones comunicativos de las otras aves interrelacionadas lograban mantener una sociedad estable y pasiva. Pero, aun rechazando la pasividad, Heron no había llegado a establecer un itinerario de vida acorde con sus pensamientos, ni a conjugar lo imposible y lo improbable. Cuando llegó a la madurez, la desesperación, cada vez más dopada de rutina, se convirtió en norma de conducta de la garza negra solitaria. Y la búsqueda, o huida, la llevó al valle seco.

Ahora sus amaneceres le aportaban las últimas preocupaciones existenciales, que iba acunando sobre los movimientos de los árboles, el roce del viento en sus plumas y los cambios de la luz según se movían las sombras e iba pasando el día. Los vuelos matutinos eran también el momento en que ella hablaba con la mente, guardando ideas, abriendo y reciclando temas, ampliando a más y más interrogantes y preparando viajes irreales que nutrían su sentir.

Ese día el vuelo la llevó hasta la balsa larga, junto a la carretera, bajo los olmos, muchos e esos árboles secados por el barrenillo, aunque hechos soporte para yedras y madreselvas. Se puso en pie a la orilla y esperó a que las ranas machos empezaran a hinchar sus sacos vocales, lo que los delataba. En segundos se convertían en comida para Heron.

- Eres más negra que yo, garzucha – oyó.

Era la picaraza macho, ocupada en buscar adornos especialmente brillantes para el nido que estaba fabricando a su hembra. Sobre todo, buscaba cualquier objeto que brillara. Desgraciadamente ese año no había ni rastro de los papeles de aluminio que dejaban tirados los visitantes tras merendar. Ya nadie iba a sentarse en el borde de la balsa para disfrutar de su frescura y ambiente salvaje, preferían estar sentados en la terraza del bar, donde les servían refrescos.

- Sí, pero yo no soy a dos colores, tú no eres ni noche ni día, no te defines.

- Me llamo Urra. Soy de día, vivo bajo el sol buscando la sombra y las lombrices de la hierba.

- Pero eres floja. He visto varias de tu especie muertas por el suelo.

- Son los malditos agricultores. No dejan de echarnos al suelo granos de panizo con un misto venenoso dentro. Como te comas uno de esos granos estás perdido. Pero yo huelo bien antes de comerme eso. Ahora voy hasta las matas y me como los granos directamente de las pinochas que cuelgan.

- Yo como peces y ranas. Aunque este valle tiene poca agua, voy resistiendo.

- Pero estás sola. Si quieres venirte conmigo al otro lado del espejo me puedes hacer un favor.

- Un favor? Dime en qué me necesitas.

- Necesito la perla del pez brillante.

- ¿El pez dorado al que le brilla la tripa? ¿Lleva una perla?

- Sí, quiero ofrecérsela a mi amante, pero no me gusta meterme en el agua.

- No he podido pescarlo hasta ahora. En cuanto oye que me acerco desaparece. Solo he podido vislumbrar su brillo entre las zurrapas.

- Cuando me entregues la perla te llevaré al mundo feliz. Allí vivirás como siempre has deseado.

- ¿El del otro lado del cristal? Nunca he podido pasar.

- Con mi ayuda lo conseguirás. No te arrepentirás.

- Bueno, lo intentaré.

A los pocos días Heron estaba posada en el borde de la balsa con una pequeña perla en el pico. Se había dado cuenta que era artificial, y estaba traspasada por un orificio por el que habría sido engarzada a otras, para algún collar de novia en boda de clase pobre, aunque a la picaraza le iba a dar igual, lo que necesitaba era el brillo.

Mientras esperaba a que llegara el ave blanquinegra estuvo reflexionando sobre la extraña aventura a la que se enfrentaba. Por su sonrisa fue pasando la voz de Alicia a través del espejo, que había poblado sus tiempos de anochecer bajo la voz incesante de su madre. Ese fue un momento definitorio de su formación, un futuro de imposible acuerdo con la realidad. Una vez más repitió el sueño…

"- *Que le corten la cabeza – dijo la reina de corazones.*

- *Tonterías –exclamó Alicia en voz muy alta y decidida…"*

- ¿Cómo pueden pensar esas cosas los humanos? Matan y no se lo comen. ¿Para qué lo hacen? – pensó encadenadamente la garza.

Los distintos personajes que tan llamativos le habían parecido en su infancia pasaron ante ella: el gato sin cuerpo, la liebre corredora, la oruga fumadora, todos salían y entraban de la oscuridad al mundo de ficción que latía acompasando el corazón de Heron.

- ¿Ya estás aquí, negra? – oyó la voz de la picaraza, interesada en el brillante botín que suponía tenía el ave, que ella llevaba esperando desde hacía días.

- Sí, aquí lo tienes, mestiza – respondió la garza, mostrando la perla que guardaba desde hacía rato en el pico, sin querer soltarla todavía.

- Refulge. Perfecta. Con esta seguro que ligo – dijo para sí la picaraza, asombrada del brillo adictivo.

- ¿Y tu parte del trato? – le recordó Heron.

- Vale. Vámonos al otro mundo. Sígueme – dijo Urra, caminando decididamente con sus pequeños saltos y movimientos arriba-abajo de su cola, soñando ya con poder comparar el brillo de la perla con el negro tan brillante de su plumaje, especialmente el de la cabeza.

Al final de la balsa, en el lugar más inesperado, rodeada de zarzas y yedras, se encontraba una gran roca redondeada que había caído rodando hasta el valle desde las peñas del Cámbrico situadas muy arriba de la sierra.

Hacia allí se dirigió Urra y sin dudarlo picó en el centro. Inmediatamente la vista del mineral cambió. Heron pensó que se le nublaba la vista. La roca parecía ser una lámina trasparente que se movía dilatándose y contrayéndose como si de un corazón se tratara. Parecía tener vida propia, alojar en su interior una energía que desprendía desde el picotazo de Urra.

- Vamos garza, desengarza de tu pico la perla y métela aquí. Es la llave del Otro Mundo – explicó con decisión la picaraza.

En cuanto el largo pico de Heron soltó la perla, su contacto con la película móvil que formaba ahora la superficie de la roca, produjo el milagro. Se abrió un boquete en el centro de la piedra mostrando un pasillo completamente verde, formados por árboles, hierbas y enredaderas, que comenzó a relucir en cuanto la perla cayó al suelo.

- Esto es vida. Ven y verás – dijo extasiada Urra, cogiendo la perla, para remontar el vuelo y adentrarse en el interior. No sabiendo nada de ese mundo, Heron siguió su vuelo contemplando los aleteos y graznidos de la alegre picaraza sobre el valle en el que vivían, cuyos colores se iban desvaneciendo rápidamente. Pronto llegaron al mundo del aire, donde sus cuerpos eran el único color que resaltaba sobre la inmensa masa de nubes blancas que impedía mantener cualquier referencia espacial para orientarse.

- ¿Qué es esto, Urra? – dijo asombrada la garza, cuando la habitual visión del valle desapareció de su vista.

- Es el cielo. No has estado nunca, ¿verdad?

- No – respondió Heron temerosa, insegura de las intenciones de la picaraza.

- Te gustará. No hace falta ni que nos alimentemos. Esta bruma es alimento que pasa directamente de nuestros pulmones a la sangre.

- ¿Qué vamos a hacer aquí?

- Vivir como siempre has querido, sin límites.

- Pero sin referencias. Me encuentro perdida. ¿Y no hay también infierno?

- Sí, el infierno frío, pero es fácil de evitar.

En ese momento se oyó un potente graznido.

- La bruja. ¡A por ella! – dijo Urra, volviendo hacia atrás rápidamente y desapareciendo de la vista de Heron.

- Lo que me faltaba. Sola en este mundo vacío. ¿Por qué habré venido? – se quejó la garza.

No tuvo que esperar mucho tiempo. Al momento un águila real pasó bajo ella. Urra estaba posada en la cabeza de la rapaz, picándole sin clemencia.

- ¡Abajo, abajo, fuera vicios, come aire, maldita! – le decía la picaraza, entre picotazo y picotazo. Había conseguido hacerla descender y pronto desaparecieron ambas.

En un instante todo volvió a ser silencio, blancura y vacío. Al momento volvió a reaparecer la picaraza.

- ¡Ya está! Aparece de vez en cuando, aún le tira el instinto asesino de cuando vivía en la Tierra. Si no me llego a defender podría habernos devorado.

- ¿Ya no se puede volver a la Tierra cuando entras aquí?

- Sí se puede. Allí me encontraste, ¿no?

- Sí. ¿Pero prefieres vivir aquí?

- Claro. Tengo que llevarle la perla a Raca, mi amor. Vamos.

- ¿La perla? – Heron se había olvidado de ella. Entonces se dio cuenta de que una de las garras de la picaraza estaba fuertemente aferrada al tesoro. No la abriría hasta llegar a su destino.

Tras un corto vuelo llegaron a una zona vacía de nubes. Numerosas aves reposaban sobre lo que parecía ser un enorme colchón de niebla. Su densidad era tal que la garza pudo mantenerse en pie apoyada firmemente sobre la materia compacta que servía de base, el suelo del cielo.

- ¿Dónde está Raca? – preguntó Urra, extrañado al no ver a su amor por ningún lado.

- Hola Urra. Se fue hace unos días. Nos pidió que te dijéramos que no la busques. Quiere ser ella misma la que explore el cielo – fue la respuesta de la picaraza abuela.

- ¿Se fue sola? – inquirió Urra.

- No, se fueron un grupo de jóvenes. Se cansaban de inactividad aquí.

- ¿Y no sabéis adónde iban?

- Ya sabes que el cielo es infinito. Entre ellos oí que hablaban del cielo negro.

- ¿El cielo negro? Pero allí no se ve. Debe estar lleno de peligros.

- Ni idea. Nunca he salido de aquí. No nos falta de nada – dijo la abuela – Olvídala. Preséntanos a esta larguirucha, anda.

- Se llama Heron. Es una garza.

- ¿Garza negra? ¡Qué raro! Puede que vea bien en el cielo negro.

Esa posibilidad, en la que no había pensado, animó los planes de Urra.

Heron se dedicó a congeniar con las diversas aves que vivían en el suelo celestial. No había días ni noches ya que ese espacio estaba permanentemente mirando al sol. Luz, siempre luz, para unas aves de aire que se alimentaban al respirar y no necesitaban excretar. Hablaban, reían, jugaban, relataban y cantaban en coros diversos cantos. A veces se adormecían al imaginarse historias que se contaban de unos a otros. Allí existía el más completo parnaso de cultura oral. Poetas y narradores, músicos y cantantes, mimos y visualizadores, comediantes y bailarines, el más extenso mundo de aves ociosas que habría sido la envidia de los humanos si se hubieran imaginado que sobre sus cabezas existía tal mundo animal.

Heron por primera vez en su vida pudo descargarse de sus fobias, miedos y vergüenzas que hasta entonces la habían recluido a un mundo de rutina como medio de vida. Esperar, cazar, comer, cagar y dormir constituían el ciclo inalterable de su especie. Ahora, liberada de obligaciones vitales, pudo poblar su cerebro de ideas desconocidas, restallantes, luminosas, positivas, que le daban una nueva vida, a la vez que iba vaciando la neurosis previa del sufrimiento de segregación, que no comprendía y que la había recluido a la soledad.

Jugó, cantó y bailó, maravillando a las demás aves con su super-estilizado perfil y enorme pico. Escuchó viejos cuentos y fábulas, grandes epopeyas, poemas de pasiones desatadas que hacían retumbar los oídos, y conoció en ciego las imágenes de mundos extraños poblados de luz, cemento y cristal, hormigueros humanos que existían en su planeta.

Pero Urra la necesitaba. Todavía llevaba la perla agarrada con su garra, y no hacía más que pensar en Raca. No había vuelto, nadie había recibido noticias del grupo que abandonó la comunidad, dejando la comodidad que disfrutaban por la búsqueda de un mundo desconocido que podía hacerlos descender al caos si no devolverlos a la Tierra. Sí, necesitaba al ave negra. ¿En el cielo negro veían los pájaros negros como había sugerido la abuela? Debían partir ya.

La inmersión en el cielo negro aportaría a Heron una nueva dimensión. Iba a conocer la base de esfuerzo y sufrimiento sobre la que se sustentaba el cielo blanco.

Cuando las nubes algodonosas fueron dando paso a la oscuridad, el más allá comenzó a preocuparle.

- ¿Todo negro? ¿Hay algo aquí? – preguntó insegura.

-Ya lo verás. Sigue – le respondió Urra para tranquilizarla.

- ¿No se puede ir a algún sitio menos oscuro? – volvió a preguntar Heron.

- Podemos ir a la zona gris, pero es menos seguro.

- Vamos allí. Aquí sí que no me siento segura.

Girando hacia la derecha, Urra guio a su compañera hacia una zona con algo de claridad, hacia el borde de la isla en la que se encontraban. Les era más fácil orientar su vuelo allí, especialmente a Urra, ave fundamentalmente diurna, ya que Heron poseía ojos de visión nocturna y su rechazo al cielo negro se trataba más de miedo a lo desconocido que imposibilidad de volar.

Cuando ambas volaban por la frontera gris se oyó un disparo.

- ¡Los cazadores! ¡Huyamos!

- ¿Cazadores?

- Sí. Disfrutan matando animales. Algunos también matan personas. Solo respetan a su tribu. ¡Vamos!

Un segundo tiro enmudecería para siempre a Urra.

- ¡Joder! Le has dado a la pequeña – se oyó bajo ellas la voz de un escopetero.

Cuando cayó hacia el vacío, ya herida de muerte, Urra solo pudo dejar su perla sobre un ala de la garza, mientras sus ojos implorantes decían todo. ¡Lleva la perla a Raca! Cogiéndola rápidamente con el pico, Heron la guardó donde más segura estaría, en su propio culo. Después elevó el vuelo alejándose de los asesinos. Su color negro la había salvado mimetizándola.

Más arriba oyó una voz y hacia allí se dirigió.

- ¡Miu, miu! – era el mochuelo, testigo del asesinato – Te has salvado por las plumas. No vayas nunca a la frontera.

- Ya lo he visto. Demasiado tarde. Era Urra, mi anfitriona en estos mundos.

- Sí. Esos cazadores son seres neuróticos. Disfrutan matando, su placer consiste en sentirse superiores. La pobre picaraza no les sirve ni de alimento. Sus brillantes plumas blancas y negras pronto estarán llenas de humedad en el suelo, hasta que se la coman los gusanos y las hormigas. Su cuerpo volverá a ser tierra.

- Qué pena, qué sinsentido. Yo los había visto en mi valle, pero a mí nunca me atacaron. Allí se dedicaban a hacer matanzas de jabalíes y corzos.

- ¿Qué has venido a hacer aquí? – preguntó el mochuelo – Veo que eres nueva.

- Curiosidad. Buscaba encontrar más emociones, más sentido a mi vida. Ahora tengo una misión. Buscar a Raca.

- ¿La de la bandada de picarazas? Están en la planta de producción de gas alimenticio.

- ¿Tampoco se come aquí?

- No hay siempre alimento respirable, pero estos días está bastante concentrado. Tienes suerte.

- ¿Dónde está esa planta?

- Sigue el siseo que oyes. El ruido te llevará hasta allá.

En efecto, desde allí se oía el ruido de lo que parecía ser gas a presión que se escapaba de su contenedor, como si procediera de una olla exprés.

Heron fue acostumbrando su visión y su cerebro a ese mundo oscuro y pronto llegó a un valle de donde procedía el sonido. En torno a un enorme cilindro numerosas aves se afanaban en aportar todo tipo de materiales orgánicos que introducían en el contenedor de entrada. Dentro del gran depósito se procesaban los alimentos pasando a estado gaseoso para, una vez hechos gas, salir por la espita superior, una chimenea de la que emanaba un gas blanco. Heron lo comprendió entonces. De ese gas procedía el cielo blanco. Con ese gas alimenticio podía mantenerse esa comunidad en ocio continuo, sin ninguna preocupación que los alterara, todo eran sonrisas, todo amabilidad. Pero, ¿los del parnaso conocían el mundo que les permitía ser tan privilegiados? ¿eran conscientes del sacrificio que debían sufrir los otros para que en el cielo blanco vivieran felices? ¿se preocupaban de las vidas de los que tenían trabajo sin ocio?

La garza se contestó negativamente a sí misma. En sus frecuentes juegos, conversaciones y eventos artísticos no le habían hablado ni una sola vez de la vida de los otros o del origen de su gas alimenticio. Se daba por hecho que el cielo blanco era así, inalterable, inmutable, tan real como el planeta sobre el que se asentaba. Heron siguió observando.

Continuas bandadas de grullas subían todo tipo de alimentos a la base de la planta de producción, los dejaban caer y volvían a bajar a la tierra. La base en realidad era un capítulo gigante de alcachofa y sus numerosas brácteas servían de lugares de aterrizaje para las aves acarreadoras y de punto de recogida para las aves hornacheras, que iban echando la cosecha en cada una de las flores que componían la inflorescencia. De allí ascendían los productos hasta el interior del depósito para seguir un proceso tecnológico que ninguna ave trabajadora comprendía. En ese lugar se encontraban todas las urracas y Raca estaba con ellas.

Antes de acercarse, Heron se posó en la parte superior del cilindro y sin gran rechazo se puso la perla en el pico y luego en una pata. Tras tanto tiempo alimentándose al respirar, su aparato digestivo había quedado completamente inactivo. Ningún olor salía de la joya y su brillo seguía inalterado.

Tras saber quién era Raca, la garza se le acercó y elevó la pata con la perla hasta ponérsela ante el pico.

- Me la dio Urra, le ayudé a conseguirla y a cambio me permitió entrar en vuestro mundo. Ahora está muerto, unos cazadores lo han asesinado. Él te quería y quería ponerla en tu nido.

- Gracias, garza negra. Ahora mi nido brillará para siempre y mis hijos lo recordarán.

- ¿Tienes hijos?

- Soy un ave trabajadora. Mi única ilusión son mis hijos. Ven.

En una rama secundaria del cynara scolymus gigante estaba el nido de Raca. La vida había separado a la pareja. Mientras el macho se dedicaba a buscar decoración para su hogar, su hembra, sintiendo que la puesta se acercaba, había elaborado un nido con los restos menos comestibles del forraje que traían las grullas. Abundantes ramas secas, espinos y zarzas componían el armazón, pero el interior del nido estaba cubierto con una suave alfombra de hojas de plantaina, nada común en los nidos de la especie. Allí dormían cuatro pequeños picarazos de pico amarillo cubiertos de plumones que pronto convertirían en plumas. En cuando notaron su presencia abrieron los picos al unísono, círculos amarillos esperando alimento, su reacción atávica que asegurara la supervivencia. Esa vez, en vez de alimento, pudieron ver una brillante perla artificial colgada de una punza de espino, el recuerdo de su padre difunto. Pero ellos sobrevivirían.

- Dura vida tienes, Raca. Hacer nido, poner huevos, engüerarlos, alimentar a tus hijos y trabajar en la planta de gasificación – dijo Heron.

- La vida pasa por muchas fases. Cuando nos vinimos al cielo negro ya no fue posible volver al otro. Estábamos contaminados de realidad. No nos hubieran dejado cuestionar su mundo feliz. Yo tampoco quise intentarlo. Mi cerebro habría anidado un gusano de preocupación por los trabajadores que aquí sufrían para que allí todo fuera diversión.

- Hay solución para eso.

- ¿Qué?

Poco tiempo pasó para que el afilado pico de Heron, acompañado de las habilidades tejedoras de las picarazas, lograra construir una gran cúpula sobre el cilindro de gasificación para que el gas no se expandiera hacia el cielo blanco. Ahora podían alimentarse con mucho menos trabajo y tener tiempo para seguir sus inclinaciones.

Cuando las privilegiadas aves del cielo blanco empezaron a sentir hambre comprendieron que habían perdido sus privilegios. No les quedó más remedio que usar los recursos que guardaban desde hace tiempo en sus paraísos para invertirlos en nuevas tecnologías y nuevas armas con las que atacar a las aves negras. Pero para su sorpresa, sus paraísos monetarios estaban vacíos. Las aves jubiladas del cielo negro se habían dedicado a apropiarse de esos recursos inútiles durante los últimos años y habían desaparecido. Los habitantes del cielo blanco no tuvieron más remedio que emigrar al otro cielo y ponerse a trabajar.

El cielo blanco se ennegreció y el cielo negro se aclaró. Y el trabajo hizo felices a todas las aves, que con sus distintos tamaños, formas y colores alegraron sus vidas a lo largo de los años. Y colorín colorado…"

Miherba salió de su ensimismamiento y miró a su novio que descansaba apaciblemente tumbado sobre la hierba.

- ¿A ti te gusta cazar? – le preguntó ella.

- No, Miherba. A mí me gusta la vida tranquila. Aquí tengo esta hierba y a Miherba. ¿Qué más puedo pedir?

- Aquí estamos bien – dijo la joven, abrazándose a él.

Sus miradas se lanzaron hacia lo lejos, a las sierras al otro lado del valle. La lejanía del espacio les hizo pensar en su futuro, un futuro feliz juntos, en el que ellos también construirían su propio nido, lleno de perlas.

CUENTO DEL PERRO Y EL CARDELÍN

(Dedicado a Eva)

Chipi Chipi, cardelín
Fina, ama de Rudo
Luna, criada de un conde
Raca, picaraza
Rudo, perro

- Rudo, déjalas ya – dijo Fina, mareada de oír tantos ladridos.

Como el perro hacía rato que estaba cansado de lanzar sus infructuosos ladridos hacia el nido en lo alto del pino, obedeció a su ama y volvió a echarse en la manta, junto al sillón de jardín donde ella se sentaba, aunque la mirada seguía enfocando fijamente a la rama desde la que la pareja de picarazas parecían burlarse de él. La rama en la que se encontraban no era lugar para perros

En realidad, lo que estaba pasando es que las aves habían encontrado un almacén de carne fresca que podían usar libremente. Algún coche había atropellado un animal peludo. No se sabía si era rata, conejo o gato pequeño, pues la rodada lo había dejado irreconocible y ahora sus restos estaban extendidos sobre el pavimento. La ocasión fue aprovechada por las picarazas, que se dedicaron a mover sus hábiles alas de puntas blancas una y otra vez, para alimentar de carne fresca a sus crías que estaban a punto de escaparse del nido. Tras varios viajes de suelo a nido, la familia se sació. Solo habían dejado unos huesos y piel bañados en sangre sobre el asfalto y el silencio reinó de nuevo. Rudo tuvo que aceptar su derrota, porque lo que había iniciado como un juego se había convertido en un toreo de un ave provocando al perro, para llevarlo lejos de la presa, mientras la otra cogía su ración de comida y volaba al nido. Una vez más se impuso la norma animal de que las picarazas son más inteligentes que los perros y se burlan de ellos.

Antes de dormirse, los picarazos le pidieron una vez más a su madre que les contara el cuento de la picaraza asesina, la mancha atávica de su familia.

- Cuéntanos el cuento de la cucharilla de plata, mamá – dijeron las crías.

- Ya lo sabéis. No.

- Pero nos gusta cómo lo cuentas. Es importante para nuestra familia, ¿no?

- Bueno, sí.

- Pues cuenta, venga.

Y Raca contó una vez más el cuento milenario.

-… Hace muchos años, cuando aún no se habían inventado los coches, ni había carreteras asfaltadas, cuando los hombres usaban espadas en vez de rifles, y las máquinas no existían, en un gran palacio rodeado de prados y bosques vivía un conde muy rico con su familia. Al conde le pertenecían todas las tierras que podían contemplarse desde la planta superior de la torre más alta de su palacio.

Como era costumbre en la época, los nobles tenían prohibido trabajar en los campos y su máximo rasgo de estatus superior era tener la piel blanca, sin que el agradable sol de verano bronceara sus rostros. Y así ocurría en el palacio del noble. Cuando llegaba el verano y la piel comenzaba a perder su blanco nieve, una labor habitual de la familia consistía en cubrirse la cara con polvo de arroz, imitando a las estatuas descoloridas de diosas y héroes clásicos que adornaban el lago frente a la entrada principal de la mansión.

Como sin recursos no se pueden mantener los privilegios, el conde tenía arrendadas la mayoría de sus tierras a campesinos, quienes se ocupaban de labrar, sembrar y cosechar los cereales y leguminosas, que se criaban bien en esas tierras. Una vez al año, antes del invierno, el conde organizaba la fiesta de la cosecha, ofreciendo vino y tortas a sus siervos, aunque el objetivo final consistía en que sus siervos le pagaran el precio del arriendo o el porcentaje correspondiente en trigo o lentejas para poder seguir usando las tierras al año siguiente…

- ¡Pero aquí no salimos nosotros! – dijo impaciente uno de los picarazos.

- Ahora voy, no sea impaciente – explicó Raca.

- … Los señores de la casa tampoco realizaban ninguna actividad en el palacio, por lo que sus artrosis se aceleraron. El duque tenía cada vez más problemas de articulaciones y el estado de ánimo le había ido empeorando paralelamente a su salud.

Entre el numeroso personal de la casa, cocineros, limpiadores, servidores y mayordomo, destacaba Luna, una pobre niña huérfana, de dudoso origen, morena de pelo y cara, con grandes ojos negros, mirada intensa y con una sonrisa y alegría natural que revitalizaba cualquier situación social de malhumor o aburrimiento. Fue admitida como aya de los hijos de la familia y también debía ocuparse de mantener siempre brillante y en orden la cubertería de plata de la familia. Antes de que la familia del conde se sentara a la mesa para comer, debía tener todo dispuesto sobre el mantel, sin que se apreciara cualquier imperfección, lo que enfadaba sobremanera a la condesa.

Llegaba la primavera, las mimosas del jardín lo habían anunciado sin ninguna duda. Como otros años, almorzar fuera a las 10, rodeados de naturaleza, era una norma obligatoria de la familia, a la que nadie objetaba.

Luna pacientemente fue poniendo los platillos, tazas, cucharillas, pan, mantequilla y mermeladas, a la espera de que la camarera trajera las bebidas y pastas calientes.

La noche anterior se había notado dolor de tripas, tras cenar un trozo de carne en mal estado. Aunque debía estar vigilando la mesa hasta que llegaran los señores, comenzó a sentir gastroenteritis y diarrea. Era urgente, no había nadie más allí, así que, no existiendo wáteres para el servicio, se fue corriendo a la parte posterior del palacio donde liberó sus intestinos.

Cuando volvió, la familia ya estaban ocupando sus asientos habituales. Pronto el café y el té humearían en el ambiente.

- ¿Dónde has estado, Luna? – le preguntó el conde.

- He ido a oler las flores que están saliendo. ¡Qué preciosas! – fue su excusa.

- Sí, somos unos privilegiados. ¡Es tan gran placer desayunar fuera! – dijo la condesa, halagada de su propiedad. Ella había procurado en los últimos años que fuera la mejor de la zona, y su satisfacción era evidente.

- ¡Mamá, dame la papilla! – dijo el hijo menor.

- ¿Aún quieres que te dé de comer Luna? No, se acabó, tienes que comer tú solo.

- Es que no tengo cucharilla.

- ¿Cómo? Luna, mira a ver.

- A mí me faltaba una cucharilla, se la he cogido yo – dijo la hija.

- Luna, te has dejado una. ¿Cómo es posible?

- No, señora, he puesto todas en la mesa esta mañana – explicó la sirvienta.

- ¿Quién ha escondido la cucharilla? Son cucharillas de plata, es un juego único. Venga, sacadla – dijo enfadado el conde. Sabía que Luna nunca se equivocaba.

- Luna, trae la cucharilla. ¿Dónde la has llevado? – espetó la condesa a la compungida sirvienta.

- Yo no he cogido la cucharilla. He puesto las cuatro.

- ¿Y por qué te has ido, dejando sin vigilar la mesa?

- Si quieren pueden ver dónde he estado, sin ninguna duda.

- Saca la cucharilla. No mientas – remachó la condesa.

Se había disparado la tragedia. Fue avisado todo el personal del palacio y por mucho que buscaron por todas partes, incluido donde había dejado las heces Luna, todo fue infructuoso. La cubertería de los condes había perdido una cucharilla de plata…"

- Aunque os parezca una barbaridad, se dice que esto sucedió realmente. Luna fue llevada a juicio y por más que juró y perjuró que ella no había cogido nada, como no apareció por ningún lado del palacio, el testimonio de su responsabilidad que emitieron los condes fue suficiente. Luna fue condenada a la pena de muerte. Y la sentencia se ejecutó. Los soldados del conde le cortaron la cabeza.

- Pobre Luna. ¡Qué horror! ¿La había enterrado? – dijo un picarazo.

- ¿Pero no era sobre nosotros? – dijo otro.

- El cuento tiene otro final inesperado, hijos míos – siguió contando Raca, ante el asombro de sus hijos.

-"… Llegó el otoño. Los jardineros de palacio talaron un árbol, ya algo viejo, para hacer leña con la que alimentar en invierno la gran chimenea del salón de palacio. El conde dirigía las operaciones. Cuando cayó el árbol, oyeron voces de picarazas. Eran nuestros antepasados.

Ahora derribado, los leñadores vieron que en la copa del árbol había un gran nido. El golpe en el suelo lo había roto por completo. Y dentro de él había algo que brillaba.

- ¡La cucharilla! – dijo el conde.

- ¡No era ella! – constataron los leñadores.

A todos se les pusieron los pelos de punta. ¡Habían matado a una inocente!

Desde un árbol cercano, la pareja de picarazas contemplaban atónitas lo que estaban hablando los hombres en el suelo. Había pasado eso. Mientras Luna estaba detrás del palacio, el macho robó una de las cucharillas para adorno del nido. Su remordimiento le lanzó a hacer un juramento eterno. Su familia nunca buscaría objetos brillantes…"

- Y así es hasta hoy. En nuestra familia no debe haber ningún objeto brillante, a diferencia de otras familias de nuestra especie. Es nuestro pecado original, haber provocado el asesinato de una joven inocente.

Reinó el silencio. Todo el nido pensó en sus antepasados cuando unas crías estarían viendo la cucharilla de plata en su nido, sin saber los efectos que había provocado a las personas que vivían en ese palacio.

Rudo hacía tiempo que escuchaba el cuento también. Quedó impresionado. Rechazaba la violencia, aunque no pudo evitar volver a recordar su infausto pasado, antes de que lo adoptara Fina, un periodo en el que la violencia hacia él había formado parte de su vida cotidiana. Y comenzó a soñar:

… Me acuerdo de mi infancia con aquel niño neurótico, que disfrutaba crucificando lagartijas en la hierba con punzas de espino, del maltrato continuado que tuve que sufrir, pues maltratar le daba placer al niño, especialmente cuando estaba solo en casa conmigo y se cansaba de los vídeos de guerra. La comunicación entre amo y cachorro se limitaba a mordiscos, pinchazos, puñetazos, estirones de orejas al pobre de mí levantándome en el aire, hasta que me ponía a llorar, momento que relajaba al dueño, pues había constatado su superioridad personal.

Cuando Rudo creció y se convirtió en un hermoso perro blanco, la familia se lo quitó de delante. Demasiado grande para un piso de 80 m. Se lo quedó el primo del pueblo que lo metió en su perrera, donde malvivían 10 perros, esperando el tiempo en que se harían jauría para perseguir jabalíes y corzos hasta las escopetas estratégicamente situadas en los collados, por donde huían o morían los animales espantados.

Tras contemplar cómo ahorcaba el cazador a sus perros más viejos y menos veloces, Rudo adivinó cuál sería su futuro cuando envejeciera. Debía huir.

Un día la batida de caza reparó en un valle en que lo había llevado en el pasado la familia del niño paranoico. Recordaba que habían subido en coche por un barranco para luego hacer picnic. Ese día Rudo fue libre. Pudo correr por el bosque y el río, bañarse y dormir un rato en la hierba. Los padres mientras tanto jugaban a las cartas y el niño temporalmente no se ocupaba de martirizarlo. Sí, era el mismo valle. Sabía que si bajaba por la ribera del río llegaría a un pueblo. Procuraría esconderse si lo buscaban y buscar otro destino.

Cuando todos los perros eran azuzados barranco arriba por el cazador, Rudo se escondió tras un zarzal y esperó a que se alejaran. Cuando los ladridos indicaron que habían encontrado caza, todos se olvidaron de él.

Rápidamente bajó hacia el pueblo. Antes de llegar a las casas vio una granja que olía a pollos. Al llegar a ella lo recibieron furiosos ladridos de perros guardianes, que afortunadamente estaban atados. Por una ventana salió volando un pollo muerto y Rudo comenzó a comer pollo fresco.

El granjero decidió quedárselo, vista su corpulencia y hermoso porte. Aunque los cazadores bajaron a preguntar al pueblo, el granjero permaneció mudo, escondiéndolo dentro del recinto al que no podían entrar visitas por sanidad, hasta que desistieron de la búsqueda, pensando que lo había robado algún dominguero senderista. Desgraciadamente, en la granja el resto de perros eran de raza con pedigrí y el dueño quería mantener la raza pura, pues su venta tenía bastante salida. Cuanto vio la atracción sexual que suscitaba el porte de Rudo entre las perras de la granja, el granjero tomó la decisión de caparlo. Y lo capó. El pobre Rudo no tendría descendencia jamás.

Las consecuencias de la castración fueron nefastas para Rudo. Perdió el apetito, se pasaba el tiempo tumbado con la cabeza tocando el suelo y los ojos vidriosos mirando al vacío. Tras dos semanas de enfermedad siquiátrica sin apreciarse ninguna mejoría, el granjero se hartó. Se había equivocado en acoger a ese perro, se había dejado llevar por la belleza del can, sin pensar en las consecuencias para su negocio. Pensó en matarlo, pero su hijo pequeño se había apiadado de Rudo, y todos los días venía a consolarlo en su triste estado. La solución menos dramática, igualmente desalmada, fue abandonarlo.

Un fin de semana, Rudo se encontró solo en un bosque, tras haberlo tirado de malas maneras del maletero su último amo. La familia iban de boda a Alsasua, norte de Navarra, y aprovecharon la ocasión.

Desde allí no podría volver a los montes de Aragón, ni ser detectado, porque en aquellos tiempos no existían aún los chips identificadores de animales domésticos. Rudo ya no vería nunca más a la familia, ni olvidaría los ojos implorantes, llorosos, del hijo pequeño que lo miraban a través de la ventanilla.

Estaba solo, desorientado, dominado por el esplendor del robledal de Etxarri. Se echó sobre un musgo, cerró los ojos, y durante horas permaneció inmóvil y en completo silencio, solo era uno más de los seres vivos que poblaban el bosque.

Pero no todos los animales del bosque querían silencio. En lo alto de un roble se oyó el canto de un cardelín, marcando su espacio vital y cortejando a la cardelina del árbol siguiente.

- Chipi, chipi, chirri chirrití. ¿Qué haces ahí solo? ¿Qué te pasa? – preguntó extrañado el cardelín.

- Vivo sin vivir en mí – fue la respuesta del perro.

- Melancólico estás. Aquí vivirás bien. Ya lo verás – dijo el pájaro – Me llamo Chipi Chipi. Mi familia siempre hemos vivido aquí. Nos podemos ocultar de las rapaces y en las orillas de los campos cercanos siempre encontramos abundantes semillas de cardo. Tenemos de todo.

- Ya lo dice el refrán, "*Algunos nacen con estrella y otros estrellados*" – fue la sentenciosa respuesta de Rudo.

- Todos hemos tenido problemas. Estamos limitados a los gustos y exigencias de los humanos. A veces pueden ser verdaderamente insensibles a nuestro dolor y a nuestros sentimientos. Cuéntame qué te ha pasado, anda.

- ¿Vosotros también habéis tenido problemas con los humanos? Prefiero que cuentes tú primero.

- Bueno. Mi historia es la típica. El placer de algunos humanos de usarnos como juguetes cantarines. Yo soy el único hermano que queda de la nidada de 5.

- ¿Los mataron los gavilanes?

- Ni los llegaron a conocer. La tradición de las jaulas ha mantenido prisionera a mi especie durante generaciones. A pesar del cuidado que tenemos al hacer nuestros nidos en lugares recónditos de los árboles, haciendo un nido lo más pequeño que podemos, cuando los cardelinicos se cubren de plumas y ya les queda poco para irse del nido, el canto nos delata. Chipi chipi, chipi chipi, chipi chipi, … se oye en todo el árbol. Además de alguna culebra que puede aprovechar la ocasión, los humanos tienen preparada su trampa. Cogen a todas las crías, las meten en una jaula y, bien cerrada, la ponen colgada cerca del nido donde nacieron. Chipi chipi, chipi chipi, chipi chipi, … los pobres prisioneros siguen llamando a sus padres y estos, sabiendo que sus hijos necesitan seguir siendo alimentados, siguen y siguen llevando comida a la casa de tortura, mucho más tiempo que el necesario si fueran libres. Pero esos pájaros ya no volarán muy lejos. Cuando los carceleros ven que los jóvenes cardelines ya comen alpiste o plantaina, es el momento de llevárselos a casa, liberando a los pobres padres de la ilusión de haber procreado. Dentro de la jaula, si a alguno le va apareciendo la careta roja, señal inconfundible de que es macho, es destinado a una celda individual, donde el placer de escuchar sus trinos o la posibilidad de negocio humano definirá su futura vida, cantar y brincar de palo a palo, cuando la luz lo acompañe, y guardar silencio cuando una funda cubra y oscurezca la jaula. Sus hermanas podrán ser vendidas por precio muy inferior, como posibles reproductoras enjauladas, y si no hay demanda, deberán morir pronto para no malgastar alimento.

- Triste historia, Chipi Chipi. Pero tú no. Tú eres libre.

- Ahora. Antes fui otro cardelín enjaulado, dedicado a cantar en la cocina desde el desayuno a la cena, el único sentido que tenía mi vida allí. Todo lo que te he contado antes es cierto, me pasó a mí.

- ¿Y cómo te escapaste?

- Me escapó la niña. La familia tenía una hija pequeña llamada Fina. Iba a la escuela y desde el principio quedó enamorada para toda su vida de los diferentes animales y plantas que poblamos el planeta. Su mayor placer consistía en ver imágenes de animales, documentales de la fauna, dibujar y colorear los más diversos tipos de bichos, los conociese o no y, por la noche, resultaba imprescindible que su madre le contara un cuento o fábula de animales.

El problema surgió cuando en su nuevo libro escolar de Naturales, la niña empezó a estudiar ecología. Su padre no se llegó a enterar de la política anti-prisiones que destilaba ese libro. Fina nunca se atrevió a hablar de ello con él. Había oído del padre demasiadas veces anécdotas de orgullo humano por dominio sobre el resto de la fauna. Y durante días los ojos de Fina se quedaban fijos en los míos mientras merendaba en silencio. No sabíamos qué pensaba, pero en su cabeza bullía mi libertad.

Una noche de cena de amigos, en que sus padres la dejaron sola, fue el momento decisivo. Subiéndose a una silla abrió la puerta de la jaula y me sacó al otro mundo, a la libertad y al peligro de muerte por gatos, frío o hambre. Me costó adaptarme a un mundo de depredadores, a carecer de comedero siempre lleno y agua, pero desde entonces he disfrutado de no tener que oler de cerca las cagadas que echo. Y sigo viviendo, libre, libre para siempre.

- Libre. Ni sé qué significa esa palabra. Yo quiero encontrar un amo, pero un amo que no me haga sufrir.

Una chica apareció de repente en el sendero. Iba de excursión a recoger hojas para llevar al cole. Chipi Chipi la reconoció de inmediato. ¡Era Fina! Se puso a cantar con toda la fuerza de sus pulmones para que ella lo oyera. No llamaba ahora a su hembra. Estaba agradeciendo mil veces a su antigua ama que lo liberara, que viera que él se había convertido en un pájaro adulto sano, digno representante de su especie.

- ¡Un *carduelis carduelis* macho! ¿Será mi cardelín Chipi Chipi? Ojalá – dijo la joven, sacándole una foto para su proyecto escolar de Inglés sobre el ecosistema del robledal – Puede que sea. No huye cuando le enfocan como hacen los demás. ¡Be happy, goldfinch! Be free!

Chipi Chipi hizo algo que nunca había hecho, posarse en la parte superior del portafolios de campo de Fina, ante la admiración de la joven, que incluso logró acariciarle el lomo y hacerse un selfie con él. La foto del cardelín sobre los folios sería la ganadora del concurso escolar.

Cuando el pájaro oyó a una hembra que se acercaba volvió a su vida natural, dejando a Fina con una sonrisa que hacía tiempo no tenía. Antes de perderse por entre las copas de los árboles, mirando a Rudo, le dio un consejo que cambiaría por fin la vida del perro.

- ¡Vete con ella! ¡Te hará feliz!

Entonces Fina reparó en el perro abandonado. Su hermoso pelaje y su humildad le encantaron. Lo anunció por la zona como perro setter perdido, pero nadie reclamó un hermoso perro blanco capado. Rudo iba a ser un nuevo miembro de la familia de Fina durante muchos años. Su vida con una nueva ama lo haría completamente feliz.

Siguieron días de carreras por caminos y pistas, corriendo delante y detrás de su nueva ama, ladridos entremezclados con gritos y risas, revolcones por los prados y vacaciones en la playa. Un nuevo mundo desconocido se había abierto para Rudo, el mundo del amor y bienestar inter-especies.

El amor se hizo fidelidad inquebrantable. Se pondría a prueba un día que Fina, acompañada de Rudo, se adentró en coche por una pista embarrada, para seguir con sus estudios de Biología in situ. El día era un diluvio de humedad y falta de sol. Al llegar a una curva de la pista, el coche derrapó, luego volcó. Rudo salió disparado por la parte superior pero Fina quedó atrapada por la chapa, con una herida en el muslo que le sangraba. La joven lo intentó, pero cualquier movimiento, aparte del dolor, agrandaba la herida y el sangrado.

Rudo ladró y ladró, pero estaban en plena sierra boscosa, a más de 10 km. del pueblo donde vivían. Nadie los oía. Se acercó a Fina, intentó empujar hacia arriba el coche con la cabeza, pero sabía que ese peso superaba en mucho sus fuerzas. Cuando oyó un coche que pasaba se decidió. Ladró queriendo tranquilizar a su dueña, y sus ojos le dijeron que haría todo para conseguir ayuda. Comenzó a correr. Sudando, sin detenerse, quedándose sin aliento y sin casi respiración, finalmente llegó a la plaza del pueblo donde los jóvenes se tomaban sus chiquitos bajo los porches. Agotado, completamente calado, con sangre y barro, agarró de los pantalones a Gorka, el mejor amigo de Fina y le imploró que lo siguiera.

Fina, tras una transfusión urgente, volvió a ser la misma ecologista de siempre y volvió a visitar y distinguir bosques y prados, pájaros e insectos, ahora con un nuevo SUV eléctrico con tracción a las cuatro ruedas de nueva generación, el todoterreno en el que siempre había soñado. Y Rudo sería su acompañante fijo en las salidas…

Rudo volvió al mundo de las picarazas. ¿Por qué pensaba tanto en su pasado? ¿El bienestar no hace falta recordarlo? Era un hermoso día. La lluvia solo era un recuerdo de un drama lejano. Respiró hondo y se quedó dormido. Poco después Fina se acercó sonriente. Rudo estaba soñando. Sus extraños gruñidos eran habituales cuando se quedaba profundamente dormido. Su ama nunca supo si eran pesadillas del pasado, por experiencias que ella nunca conocería, o estaba jugando a cazar picarazas.

Al año siguiente Fina lloraba en ese mismo lugar. Rudo había muerto de muerte natural y estaba enterrado al pie del pino. Allí las picarazas lo acompañarían todos los años, ya que era su lugar tradicional de anidamiento. Junto a ella había un nuevo cachorro, la hija recién nacida e Fina, que miraba al sol y a las aves con ensimismamiento. No cabía duda. El mundo seguía girando y la vida latía vida.

CUENTO DEL RATÓN Y LA RATA

(Dedicado a Oleg)

Bicha/Loca de la colina, vieja adivina

Krani, ratona hija de Nia

Nia/Byeli, ratón doméstico

Rur, ratón de campo

Ucra, rata salvaje

Érase una vez una rata que vivía entre los restos de una ciudad bombardeada. Hasta entonces había vivido alegremente saliendo a la superficie a alimentarse de la abundante carne humana que encontraba desparramada por cualquier parte de la ciudad, pero el chillido de su madre le anunció que su vida cambiaría.

- ¡Ha caído!¡Mira mamá! – dijo el niño, llevando hacia la oscuridad del túnel a una gran rata vieja colgada de un lazo hecho con un hilo de plástico minúsculo, que había conseguido recuperar del cableado informático de lo que había sido hasta hacía poco una oficina en la planta calle, ahora puerta de acceso a los sótanos habitados por residentes que resistían todavía a la invasión extranjera.

El roedor cazado supuso inmediatamente el objeto de deseo de una comunidad de famélicos refugiados en las catacumbas. Una tribu de ojos inyectados por la luz del hambre rodeó al niño. Querían volver a comer, lujo para ellos durante los últimos días. Sin demasiados miramientos, la rata desapareció por las gargantas de los más afortunados, más fuertes o más cercanos. Al momento solo se oían lenguas chasqueando sobre los restos de rata que aún permanecían en manos y uñas ensangrentadas.

La rata hija, llamada Ucra, recientemente huérfana de madre, se escondió inmediatamente, subiéndose a una tubería forrada que transcurría bajo el techo, su autopista favorita, aunque ya no transportaba el agua caliente de la calefacción para la que había sido instalada.

No comprendía lo que estaba pasando, cómo se habían llenado sus sótanos de esa sociedad zombi, donde palpitaba la tristeza, el miedo, la desesperación y la desesperanza, que procedía de ciudadanos bien educados y bien alimentados que, hasta que se oyeron las explosiones, vivían bajo la luz, dentro de sus coches y casas.

Ucra tampoco llegaría nunca a comprender la lógica de destruir grandes edificios y vehículos, que había costado tanto tiempo construir para lograr que la entonces selva de asfalto se llamara ciudad, una ciudad que, hasta que sonaron las sirenas de peligro por bombardeo, estaba creciendo interminablemente. Pero ya no se oía el ruido intermitente del tráfico, ni las risas en los bares y restaurantes, ni la acción continua de las compras en sus centros comerciales. De eso no quedaba nada. Ahora predominaba el silencio, seguido de las explosiones. Cada vez menos esa ley del silencio quedaba interrumpida por los chispazos de conexiones eléctricas cortocircuitadas, chorros de agua saliendo a presión de cañerías de baños sin paredes, gritos y lamentos a los que no podía llegar ayuda... Sí, la ilógica del poder, que sabía fabricar el paraíso humano, había conseguido instaurar el infierno en la Tierra.

Cuando la comunidad subterránea desapareció tras la caza, se juntó toda la familia de ratas sobre la tubería. Se sabían futuras víctimas de los desgraciados urbanitas. Tenían que tomar precauciones especiales y su comunicación sería esencial para seguir vivas.

La reunión no pudo celebrarse tranquilamente. En cuanto vieron aparecer a una persona completamente cubierta con una escafandra anti-radiactiva, todas las ratas desaparecieron una tras otra.

Uno de los pocos lujos que permitía el sistema agredido era la posibilidad de detección química y radiactiva, peligro inminente a veces confirmado hasta en los medios extranjeros. El Estado debía asegurar la salud orgánica de los grupos de resistentes, que malvivían llorando sus penas, agrupados en los espacios más amplios que había en los sótanos, no especialmente diseñados para que vivieran allí seres humanos. Pero ellos eran la única esperanza de la ciudad y del país. Llevaban dentro de sí mismos sus apellidos, sus casas, sus tradiciones... que algún día podrían hacer renacer la vieja ciudad y el país si el torbellino asesino finalizaba.

Cuando vio acercarse a las escafandras cubre-hombres, el niño que había conseguido cazar la rata explotó. Eran lamentos de dolor e impotencia, de destrucción de su mundo infantil alegre y activo que era su vida antes de la agresión.

- No, llores, cariño. No pasa nada. Son policías que quieren asegurarse de que todos estemos bien de salud. Tienen esos aparatos que detectan si hay aquí algún gas nocivo. Son nuestros amigos, quieren lo mejor para nosotros – dijo su madre, abrazándolo y meciéndolo para que contuviera la desesperación – Malditos asesinos – se dijo en voz baja. Su corazón en ese momento se alargaba hacia el brazo derecho, palpitando con total pasión, agarrando mentalmente el cuchillo que mataba al tirano que los estaba matando lentamente, silenciosamente entre explosión y explosión.

- Yo quería esa rata. Nia está solo. Se aburre.

- Calla. Pueden oírte. Todos tenemos hambre ahora. No se te ocurra sacarlo. Podría acabar como la rata.

El niño volvió a acariciar el bolsillo de su chaquetón, intentando dar sentido a la vida de su ratón blanco, su única posesión, lo único que le importaba.

- ¿Por qué no traen comida en vez de esos aparatos? – inquirió el niño. Su mente trabajaba a toda velocidad, queriendo ingenuamente resolver su situación inhumana.

- Ellos están como nosotros. Solo pueden detectar que el aire que respiramos esté limpio. Pero tampoco tienen comida. Ven, alejémonos un poco. Como se ponga a chillar tu ratón se nos pueden abalanzar los demás. Ven conmigo.

Cogiéndolo de la mano, la madre guio a su hijo hasta otra zona más oscura, convertida en cagadero comunitario, donde el mal olor restringía al mínimo la estancia de los miembros de esa comunidad subterránea.

- Sácalo un poco, anda. Necesita andar. Puede que encuentre algo para comer. Comen papel si no tienen otra cosa.

El hijo, siguiendo las órdenes de su madre, fue sacando su ratoncito, hablándole suavemente, acariciándole la frente y detrás de las orejas, como sabía que le gustaba que le hiciera. Pero, al momento, Nia se tiró al suelo y desapareció. El hambre y el miedo que palpaba en el sótano habían ido matando la domesticación, con sus evidentes ventajas alimenticias. El ratón doméstico se había convertido en un ratón libre, en búsqueda de vida propia. Ya nada podría hacer el niño para recuperarlo.

- ¡Nia, Nia, ven! ¡No te vayas por favor! ¡Ven conmigo! – la voz impotente del antiguo propietario restalló entre las oscuras paredes y los detritus humanos. Nunca lo volvería a ver. Madre e hijo cogidos de la mano volvieron a la tribu a la que pertenecían, para seguir soportando la supervivencia en el improvisado refugio del sótano. No podían hacer otra cosa. Las bombas seguían cayendo en la superficie, seguidas del temblor y estruendo de los derrumbamientos.

- Mejor así – se dijo la madre, arrastrando a su lloroso hijo, huérfano del amigo roedor. Hasta donde estaban les llegaba el olor habitual del cuero cocido, alimento de subsistencia para todos esos días. Aún no se habían vuelto caníbales.

Nia se fue adentrando en el túnel, alejándose de las personas. Sus ojos se podían habituar a la oscuridad, por lo que pudo ir escaneando y explorando todo lo que le rodeaba. En lo alto, dentro de la entrada a un respiradero, vio dos ojos luminosos. Era Ucra. Había contemplado toda la escena y sabía que su vecino estaba humanizado.

- Prefieres la libertad a la vida fácil, ¿no?

- ¿Quién eres?

- La hija de la rata cazada por tu ex amo, y devorada por sus amigos.

- La vida que ahora llevan los humanos no se parece en nada a la de hace unos meses. No entiendo por qué se destruyen almacenes, casas, calles y coches. ¿Por qué hacen eso? ¿Para qué?

- El hombre es el rey de la creación, pero es un rey despiadado que solo encuentra la felicidad cuando tiene más posesiones que sus padres y coetáneos. Le encanta el poder y para demostrar su fuerza debe debilitar a los demás. A eso le llama tecnología.

- ¿Se puede vivir sin personas? – reflexionaba Nia.

- ¿Por qué te has ido si no? – contestó rápidamente Ucra. Ella también había soñado disfrutar de la vida como mascota humana, cuando el país era un remanso de paz, de trabajo y bienestar. Sí, había soñado con la limpieza de las ciudades, su temperatura regulada, su abundancia de comida variada, sus lugares de reposo con tanta blandura y sus aparatos con imágenes y sonidos que nunca había podido contemplar ni escuchar. Había soñado tener un amo que le permitiera llevar una vida muelle de rata mascota... pero volvió a dejar esa utopía y se centró en el ratón blanco, cuando oyó la respuesta de Nia.

- No sé, quizás puedas ayudarme. Tú nunca has tenido amo, ¿no?

- Los humanos tienen un sentido ambivalente con nosotros, roedores. Para ellos las ardillas y los conejos son preciosos, pero las ratas somos asquerosas. Aún recuerdan nuestra simbiosis con los cerdos que engordaban hasta matarlos, en las chozas asquerosas en las que les hacían vivir. Ahora las granjas modernas amontonan cientos de tocinos, pero no nos dejan ni un resquicio para poder entrar a comer su pastura. Nos hemos urbanizado y hasta hace poco aprovechábamos los abundantes restos que tira el hombre moderno a las alcantarillas.

- ¿Hasta hace poco?

- Sí. La guerra. La ciudad está arrasada, sus viviendas, vaciadas. Las personas que no están en estos sótanos o se fueron o están muertas.

- ¿Y dónde coméis?

- Hay abundancia de comida desparramada, procedente de frigoríficos volcados y sin luz. También hay carne fresca, humanos semi-enterrados, actualizados a diario. Podemos comer todo lo que queramos. Para variar podemos roer sus vestiduras hechas de piel de otros animales. Ve fuera y sírvete. Cuando estés harto puedes volver a la sombra de los túneles.

- ¿Arriba? Ellos no se atreven a salir.

- Los animales estamos invisibilizados a la guerra si nos instalamos al lado de los agresores. Los subterráneos no tienen comida. Las personas sobreviven como pueden. Para ellos una rata o un ratón es un manjar. Poco les queda para que se coman entre ellos. Vete de aquí. Busca lo que te guíe el olfato y si oyes un sonido fuerte, lo que llaman sirena, escóndete o vuelve bajo tierra. Aquí estamos seguros cuando caen las bombas incendiarias.

- ¡Qué mundo! – pensó Nia.

Subiendo al respiradero, se encaramó por el conducto hasta llegar a la luz del día. Una imagen insólita se le presentó en cuanto vio el sol. Una apisonadora parecía haber escachado la ciudad. Casas, tiendas, coches, farolas, gasolineras y edificios, que ella había conocido mirando por el ojal, oculto en el bolsillo de su amo, ahora eran capas informes de materiales de construcción hechos escombros. Metal, hormigón, madera, cristales desparramados sobre el asfalto. Silencio de la destrucción que impedía cualquier sonrisa. Ahora debía buscar comida.

Le fue tarea fácil. Un ser pequeño siempre tiene más posibilidades de supervivencia en un medio hostil, donde escasea la comida. Cuando estuvo entre los escombros las hormigas le guiaron hasta la comida más cercana. Una caja de galletas escachadas y mojadas con las que su amo se habría deleitado. Fue un placer de goloso, se puso las botas. Afortunadamente para Nia el suelo escombrado le permitiría encontrar innumerables escondites justo a su medida, donde los felinos no podían meter más que sus patas durante un trecho, del que se podría ir alejando el ratón blanco hacia la seguridad de esas nuevas casas que le habían facilitado gratuitamente los bombarderos y misiles.

La relativa paz que había disfrutado en el sótano no continuó siendo posible en la superficie. Ruidos, explosiones de fuegos artificiales, crepitar de los incendios, sonido de traqueteos de metralleta que seguían desesperando el ambiente, gritos y chillidos, aullidos y lamentos, el caos había aterrizado allí y se había enseñoreado sobre un ventanal de aluminio caído, recuerdo de algún piso ya desmochado, que constituía ahora el refugio de Nia. Desde allí oyó a la castañera, que voceaba su negocio imposible.

- Castañas, a la rica castaña. Recién asadas. Un rublo, un rublo, señores.

Era una vieja, tapada por capucha y abrigo descoloridos, junto a un bidón de carbón. Sus ojos lloriqueaban por el humo que salía por las rendijas de una chapa agujereada donde pacientemente iba dando vueltas a sus castañas ya rajadas con un trozo de metralla que le servía para no quemarse. Tenía una cara que habría sido blanca si no la enrojeciese el calor en torno a tanto frío y la hubiera disfrazado la ceniza y el carbón.

Parecía que en esa calle no había pasado nada, pese a la evidencia que la rodeaba. Nadie contestaba, nadie se acercaba. Al final fueron apareciendo varios hombres con escafandras y máscaras anti-gas, que Nia comprobó eran diferentes a las que había en el subterráneo. Fueron invadiendo lentamente la zona portando extrañas bombonas verdes.

- Castaña, a la rica castaña – siguió voceando la vieja, aunque nadie parecía estar interesado en su bidón.

- Ven, venid aquí. Venid que os tengo que enseñar una cosa. Venid, vamos, venid, soy una pobre vieja. Tengo algo para vosotros, gloriosos soldados. Venid.

Al final el jefe de la patrulla decidió acercarse hasta ella y con un aire de superioridad que no intentaba ocultar le habló.

- ¿Qué tienes para nosotros, bruja ucraniana? Aquí solo tenéis mierda.

- Ven, acércate. Es algo muy especial, muy importante. Nunca os olvidaréis – dijo la vieja, mostrando a la vez unas castañas asadas.

- Vale, dame un puñado de castañas, desgraciada.

El grito del capitán fue escalofriante. La vieja, todavía sentada, levantó el brazo empuñando el cuchillo de cortar castañas y le atravesó todo el pecho de abajo arriba, por debajo del costillar. Inmediatamente se oyeron las ráfagas de metralleta de asustados soldados, acribillando a la vieja. Solo se le oyó decir "Viva…" y cayó al bidón sin soltar la improvisada arma ensangrentada. La sangre de 2 personas sobre brasas de carbón constituiría el olor dominante de la plaza durante horas. La tragedia se había consumado.

Pero lo peor estaba aún por llegar. Tras llamar al médico, aunque sabían que había que anotar dos muertos más a la guerra, los soldados abrieron las espitas del gas que transportaban en las bombonas.

Liberaron toda su carga de gas anestesiador que, tras un momentáneo coro de toses procedente de los sitiados, logró que el silencio completo reinara ahora en el ambiente.

Bajo la superficie, los roedores comprobaron que los efectos del gas no eran inocuos. Ucra vio como los ojos ahora fosforizados de toda la comunidad de ratas resplandecían y su aliento se había vuelto espeso como la arena del desierto. Aún no sabían que su mordedura sería venenosa y letal a partir de entonces.

Soldados con escafandras tuvieron que ir recogiendo las bajas que habían producido en sus filas los francotiradores sitiados. El médico del grupo fue reconociendo su impotencia, de cadáver en cadáver. Nada podía hacer. La guerra continuaba. Cuando vio al ratón, cuyo cuerpo temblaba bajo el cristal del ventanal, no pudo resistir la tentación.

- ¡Es Byeli! – exclamó, cogiéndolo y metiéndoselo inmediatamente en su botiquín de campaña. Era el mismo ratoncito blanco de ojos rojos que había tenido de niño, blanco como la nieve, el héroe de los cuentos de su abuelo. Sí, era Blanquito, Byeli.

En momentos en los que la mente humana organiza masacres en forma de capoladera de seres humanos plenos de vigor, la supervivencia ante la adversidad, la defensa ante la locura, suele ser la Naturaleza. El médico, acariciando al ratoncillo dormido, se reconcilió con la vida, vida como atracción, como cariño, como satisfacción, como paz, el amor a los seres vivos como fuente de bienestar, como sentimiento, como sentido de la vida en un mundo ilógico y antinatural en el que le estaba tocando vivir.

EN LA CORTE DEL TIRANO

- ¡Rápido, el médico! ¡Que venga el médico! ¡Y la esteticista! – dijo el mayordomo de palacio - ¡Dentro de 5 minutos en quirófano!

- Voy – dijo el médico, apresurándose – Tienes que esconderte, Byeli. Me llama el emperador. Nadie debe saber que estás aquí.

El palacio del césar era la mayor obra de ingeniería de la Historia. Aunque en la superficie solo era un hotel de dos plantas, donde se alojaban quienes esperaban a ser recibidos por el emperador, la maravilla arquitectónica se había construido bajo tierra. Era una inmensa red de túneles que alcanzaban los 300 metros de profundidad, diseñados para permitir la supervivencia en cualquier circunstancia de caos del planeta. Todavía no habían tenido que sellarlo, pero ya contaba con su propia central nuclear que producía suficiente energía para el complejo, depósitos de reciclaje de agua potable, salas de cultivos hidropónicos con iluminación artificial para conseguir la autosuficiencia alimenticia si se precisaba, y todos los recursos comunicativos necesarios para aparentar que estaban en la capital del país, aunque en realidad se encontraban a más de 3000 km. El lugar era el ideal para una mente que solo concebía usar su inteligencia para sentirse superior. Altas sierras, al lado de Kazajistán. China y Mongolia, en una montaña acotada y privatizada, un lugar al que nadie podía ir sin autorización, imposible de obtener.

- Son como yo – se dijo Nia.

Había sido la consecuencia de la vida de grillo cebollero que debían arrastrar los habitantes de la ciudad bunker. Todos los pelos se les habían vuelto completamente blancos. Pero el césar debía seguir engañando al mundo y las sesiones de tinte, maquillaje y estetización que tenía que recibir eran obligatorias antes de sus conferencias.

En cuanto llegó el doctor a la antesala de la oficina del presidente sufrió el síndrome del Principito. Numerosos ratones blancos corrían libremente por los rincones, habiendo hecho de ese lugar tan secreto sin lugar a dudas su vivienda habitual. Sin esperar a que le preguntara, el chambelán, ya acostumbrado a la sorpresa inicial de los recién llegados, le dio la explicación habitual.

- No te asombres. El papel de estos ratones es esencial para la seguridad de nuestra corte. Si su comportamiento cambia es la alarma más fiable de que el sistema de ventilación o hidroproducción está fallando.

- Ensuciarán todo. ¿No supone un riesgo de contagio?

- Estos ratones han sido modificados. No comen alimentos sólidos. Sólo beben. Y su orina la auto reciclan interiormente. Todo el proceso de alarmas vivas ha sido perfectamente evaluado y confirmada su vialidad. No te preocupes. Ahora espera aquí. Ya te llamaremos.

El chambelán se fue, dejando al doctor reflexionando sobre su Blanquito.

- El mío es natural, come y caga, es diferente de los otros. El problema será que si se junta con ellos ya no sabré cuál es. Son idénticos.

Mientras tanto, el chambelán esperaba la nueva orden del falso tirano. En realidad, quien aparecía en los medios informativos era el mejor doble del emperador, que a los ojos de las potencias enemigas debía aparecer decidido, seguro y amenazador, con una apariencia física de piel sana y perfecto color del pelo, la habitual imagen que se estaba manteniendo desde hacía años. En realidad, pese a su salud, que le impedía mostrarse en realidad a su pueblo y a las potencias enemigas, que estarían encantadas de promover un nuevo asesinato de estado, el emperador conservaba una mente lúcida y una capacidad de control social espectacular. Todo a su alrededor se movía siguiendo las órdenes que él daba, de inmediata ejecución. Nombramientos, ceses, encarcelaciones, desapariciones, acciones políticas y sociales, aprobación o derogación de leyes solo eran pequeñas comunicaciones que él enviaba a su director ejecutivo, con la obligatoriedad de cumplirlas inmediatamente y devolver súbito el mensaje de confirmación.

Pero el verdadero emperador estaba enfermo, cada vez más. Los más afamados investigadores habían sido incapaces de eliminar hasta entonces el párkinson que atenazaba sus pestañas, piernas y brazos. Ahora dirigía el país desde una cámara de vídeo y su entretenimiento principal consistía en ver los ensayos del doble, aprendiéndose y activando el rol de macho alfa que constituiría la declaración que el parkinsoniano deseaba hacer llegar al mundo casi a diario en su nueva fase de expansión territorial. Contaba en su bunker con los mejores actores de su país, convenientemente adiestrados, maquillados y hasta cirujo-estetizados, que hasta entonces habían conseguido que nadie fuera de Altai hubiera descubierto la suplantación. Los dobles seguían una preparación muy estricta tanto física como en su dicción. En caso de error en su dramatización, el doble encargado sería cesado fulminantemente, como amenazaba sin dudarlo el emperador real. Ya había sucedido varias veces.

Mientras esperaba, el doctor se entretuvo leyendo el historial de tratamientos para la salud del viejo emperador y la temporización de los siguientes tratamientos que iban a encargarle le suministrara. Ni él como doctor conocía del todo los efectos de tal arsenal de drogas, pero los continuos iconos en rojo de Peligro le animaron a leerse a fondo todo el tratamiento diario del que iba a responsabilizarse.

Mientras tanto, en una sala anexa, la esteticista del día se afanaba en organizar su botiquín. Siguiendo las órdenes del chambelán, que le exigían un trabajo artístico, ordenó sus tintes, cremas, inyecciones y tiras elásticas. Debía conseguir de nuevo el rostro exacto que figuraba en la pared principal de la sala de conferencias. Al mirar el cuadro sintió que su cuerpo palpitaba de atracción. Deseaba al líder global al que ella creía servir y, aunque seguía trabajando, no pudo evitar ensoñarlo con su respiración erotizada.

Cuando la realidad reflejaba la imagen máster del cuadro, la joven dio paso a la fase sanitaria.

- Pase – dijo el chambelán al doctor – ya sabe que va a permanecer en la sala más segura del mundo. Todos sus movimientos están siendo monitorizados. Su responsabilidad es máxima y el secreto que debe mantener es absoluto. Tratamiento habitual.

- De acuerdo – dijo el doctor.

Ante sí tenía a un hombre de rostro inconfundible, el mismo rostro que presidía los grandes desfiles patrióticos, que dirigía desde hace años la política del país desde las noticias de las 9 de la noche, el super macho a imitar, según reclamarían las mujeres, el ideal total del padre de la patria. Pero en realidad ya no era así. Su frente y ojos indicaban que el poder desgasta, que exige olvidarse de la paz tranquila, para encontrar el sentido de la vida al mover los hilos en la dirección necesaria para conseguir dominar a amigos y enemigos, para mirar de cerca o hasta donde le permitían los confines de su inmenso país, siempre más arriba, más decidido, silenciando a todos a su alrededor, con elogios y amenazas, ordenando sin ninguna duda que se aplicaran si las consideraba necesarias. Tristemente, el doctor no pudo más que pensar que estaba ante un viejo cansado que nunca se iba a jubilar de su vida en la cúpula del poder.

- Pase. Acérquese. Cuénteme algo del frente.

- ¿El frente? Nuestras tropas siguen avanzando. Queda poca resistencia en esos subterráneos.

- Maldito comediante. Prefiere matar a todos los suyos que dar su brazo a torcer. Pero no logrará nunca que nos quedemos sin el Mar Negro. Esa es nuestra puerta al mundo. ¿Cuáles han sido nuestras últimas acciones allí?

- El Regimiento de Difusión Química ha gaseado a la resistencia. Solo hay que sacarlos de allí. Ya no se oye nada.

- ¿Y qué pasó con la vieja? Esos malditos graban todo y en una hora el vídeo ya está en las pantallas del enemigo, y del resto del mundo. ¡Que escena más deleznable!

- Era una terrorista. Su apariencia de vieja castañera sobre los escombros nos engañó. La mataron en el acto. Pero no pude hacer nada por el capitán. Desangrado instantáneo.

- Ya di órdenes de que bloquearan en nuestro país esa falsa noticia. 3 medios más han sido ilegalizados. El enemigo se nos quiere introducir por todos los cauces que pueden para desacreditarnos. Usted no ha sido testigo de ese crimen. No lo ha visto nunca. ¿Estamos?

Pese a su deterioro, el zar aún seguía usando eficazmente los medios. No podía escribir por el temblor de sus manos, pero sus mensajes orales llegaban inmediatamente a todos los medios obligadamente oficiales y, con su versión, a todos sus súbditos. Olvidándose momentáneamente del doctor, reflexionó un momento sobre el ataque de la vieja, luego dio la siguiente orden, de obligado cumplimiento para las tropas invasoras:

- Contacto 0, comunicación 0 con rebeldes. Prisión para quien desoiga la orden.

- ¿Le pongo las prescripciones médicas para hoy, mi señor? – dijo el médico, deseando salir cuanto antes de tema tan peliagudo, especialmente para un sanitario pacifista, obligado a seguir la línea política oficial.

- ¡Qué remedio! Tengo que seguir viviendo, viviendo con lucidez, el país me necesita.

Y el doctor, examinó el estado de su respiración y de su sangre, las pulsiones neuronales y estado de sus sentidos, y, tras compararlos con las tablas anteriores, comprendió que la decadencia vital de un hombre de esa edad era un hecho, un hecho natural.

- ¿Datos de hoy? – inquirió el tirano.

- Constantes vitales inalteradas, sigue manteniendo el mismo estado…

- Estado de jodido viejo decrépito. Eso ya lo sé. Lo que quiero es un tratamiento eficaz para evitar el temblor.

- El sistema nervioso es la parte del cuerpo más difícil de modificar. Estamos investigando en mielina modificada.

- No me sirve. ¡Quiero algo ya! ¡Quíteme estos temblores! ¡Parezco un epiléptico!

El tirano tenía razón. Este era ya el tercer médico seleccionado por su prestigio para atenderlo. Por como hablaba no parecía tener ideas muy novedosas sobre su tratamiento.

- Voy a ponerle un calmante nuevo que puede irle muy bien.

- ¿Qué es?

- Opio transgénico. Toralmente natural.

- ¿Ya se ha experimentado?

- Por supuesto. Todos los pacientes con su dolencia lo han recibido antes que usted. Los resultados han sido muy esperanzadores. Pero después del tratamiento deberá dormir. Mañana veremos si le afecta, mi señor.

- Esperemos.

- Lo esperamos todos los que velamos por la salud de la persona más importante del país.

- Menos alabanzas. Venga, proceda.

La inyección tuvo un efecto fulminante. Al momento en la sala se fue extendiendo un ambiente de paz completa, mientras se oían suavemente varias mantras budistas, a las que el paciente no habría prestado ninguna atención si hubiera estado despierto.

Mientras su segundo amo estaba atendiendo al jefe supremo, Nia se escapó. En realidad, excepto en el cuarto del presidente, todas las demás estancias estaban interconectadas por pequeños agujeros en las esquinas. Cuando Nia salió al pasillo, un murmullo de aprobación se elevó entre sus congéneres. Todos los demás ratones habían comprendido que un extraño había entrado en su mundo. Emanaba un olor irresistible para ellos. Al principio él no podía comprender por qué despertaba tanto interés, pero cuando la palabra fue pasando de boca en boca lo comprendió:

- Ojos rojos, rojos, rojo, es rojo, sí, ojos rojos…

Nia comprendió que la vida subterránea y la manipulación a la que habían estado sometidos habían hecho desaparecer el brillo de los ojos de todos los demás. Sí, aunque el pelo de todos era blanco, él tenía los ojos rojos y brillantes, pero los de todos los demás eran negros, apagados dentro de su mundo antinatural.

Su brillo permitió que lo detectara su segundo amo.

- Byeli, ven, ven. Te cuidaré bien.

Por segunda vez, el ratón doméstico prefirió vivir su vida sin protección humana y escapó del médico. Entre tantos roedores, pese a que el doctor se agachó varias veces con suaves palabras, no pudo coger al ratoncito. Ahora era invisible al mezclarse con sus congéneres, formando una mancha blanca en continuo movimiento. Era imposible, todavía más cuando el maestresala indicó al doctor que no se podía molestar a los roedores. Y así Nia perdió de nuevo a su amo.

En pocos días la colonia de ratones contaba con numerosos embarazos. Cientos de ratones de ojos rojos fueron naciendo, ante el desinterés de los guardianes del búnker, acostumbrados a verlos únicamente como ornamentos del lugar. Y la nueva generación cuando volvió a ser adulta, en menos de dos meses, volvieron a dar a luz ratones que comerían alimento sólido.

- Vamos a buscar la luz – dijo Nia, guiando a la comunidad hacia los respiraderos, los filtros, los cableados y las tuberías de gas o de agua. Y solos ellos, alimentándose del plástico de las conducciones, madera y tierra, lograron desestanquizar el búnker inexpugnable, a prueba de bombas, orgullo del zar que no aceptaba ser inferior a ningún otro líder del planeta.

Saltaron las alarmas de control del búnker que indicaban que su estanqueidad ya no se mantenía, pero era demasiado tarde

Los nuevos ratones no modificados, radiendo todos los intersticios que las nuevas tecnologías del mundo moderno exigían llegaron a la superficie. Una noche Nia y toda su descendencia de ojos rojos por fin pudieron ver la luna.

- Esto es la realidad, hijos míos. Luz, aire, plantas y semillas deliciosas, es el paraíso universal para todos los seres vivos, que quieren destruir los humanos, dirigidos por locos que solo miran hacia sí mismos. ¡Tenemos que impedirlo!

- ¡Sí! – se oyó en la lejanía.

Era la voz de Ucra, la rata conocida de Nia.

- ¿Eres Ucra? ¿También a ti te han traído tan lejos?

- No, hemos venido nosotras solas, el gas en aquel infierno nos cambió. Nuestros ojos ven por la noche y nuestros dientes son venenosos. Al mal solo se le puede vencer con mayor mal, aunque sea temporal, hasta destruirlo. El centro del mal ahora está en Altai. ¡Ataquemos!

Cuando desaparecieron las ratas, Nia se puso a pensar que el resultado indudable iba a ser que el ganador sería el mal, de uno u otro bando.

En ese mismo instante, se palpaba nerviosismo dentro del búnker.

- Venga inmediatamente. Urgencia del presidente.

El doctor siguió lentamente al maestresala, mientras reflexionaba en obligado silencio sobre el extraño mundo en el que le tocaba vivir esos días. ¿Esta vez sería la inyección estética mensual? ¿O pastillas energetizantes? ¿O consejos para que se le relajaran las constantes punzadas que parecían explotarle los pulsos?

Los días siguientes verían sentado continuamente al médico junto al zar, esperando ayudarle en la siguiente exigencia que acompañaba a las inesperadas aceleraciones de los latidos del corazón del creador de la crisis mundial. Ese día tocaba bioestimulador, que el doctor preveía le haría adentrarse en el mundo de los sueños y las pesadillas. Y así ocurrió de nuevo.

- ¡Ya son míos! – dijo el tirano, agarrando con fuerza la manta que lo cubría, aprisionándola, escachando simbólicamente los cráneos de quienes había hecho sus enemigos, y aún con más intensidad el cuello de su opositor, ahora subordinado. Sí, ahora podría dormir sin oírle hablar en su misma lengua, que usaba con una eficiencia y una difusión internacional que sobrepasaba en mucho a la del emperador.

La mente se activó de inmediato cuando recibió la noticia del atentado mortal a su opositor del sur. Había constituido un gran acierto destituir a esos viejos carcamales jefes militares de la vieja guardia, cambiándolos por los mejores dobles del tirano, en quienes confiaba por completo. Los nuevos dobles, acostumbrados a parecer quienes no eran, en cuanto ocuparon sus nuevos cargos militares organizaron la guerra sucia necesaria para curar a su ídolo, haciendo lo que no debían, dar dinero y promesas de cargos importantes a contrarios al opositor de su misma nacionalidad, de quienes él no desconfiaba, para que por fin las noticias dieran la vuelta al mundo con la imagen del líder muerto, que harían inútiles las grabaciones dramatizadas que habían sido tan útiles hasta entonces.

La foto del héroe vencido, otro Che Guevara europeo, hundió al país descabezado. Después siguió la rendición total, el silencio absoluto tras la devastación bajo la vigilancia de soldados hasta entonces extranjeros, los montones de armas requisadas y los traslados forzosos, los cambios de carteles, periódicos y libros, los despidos masivos de profesores y trabajadores de los medios y su sustitución por compañeros que repetirían sin duda las nuevas consignas del poder, la revisión completa de los currículos escolares, el cambio de divisa oficial y pasaportes, y la angustiosa espera de los exiliados, quienes ahora pocas opciones tenían si querían volver junto a sus muertos o presos, pues deberían adoptar la misma nacionalidad que sus opresores.

- ¡Todo es mío! – exclamó el zar, abarcando todo el aire que podía con sus brazos a punto de romperse de avaricia. Ya veía de nuevo brillar su nuevo imperio. Se veía presidiendo su desfile de la victoria junto al mar conquistado. Pensó que enviaría ese verano gratuitamente a su población a la costa ocupada, preferiblemente a sus soldados, para después ubicarlos en los nuevos territorios, y que sus nuevos hijos nativos fueran grandes defensores de la patria invasora.

- ¡No, el tanque no! – gritó el zar, temblándole todo el cuerpo. Su prodigiosa mente vio un tanque que se le acercaba. Era un tanque-hombre, persona de cintura para arriba, asociada a un tanque cuyo cañón se había convertido en un pene fláccido que pegaba en el suelo y cuyo tubo de escape olía a azufre. Era él mismo, un presidente triste y ojeroso dominando una máquina que se desplazaba lentamente sin mantener un rumbo fijo. La misma pesadilla ya le había aparecido los días previos, como final de sus periodos de no descanso. La visión le superaba, inundándole el pecho de un dolor insoportable, que debía soportar en completa soledad para poder seguir manteniendo la imagen de macho alfa que difundía en su versión mediática, el papel del zar dominante, fuera él mismo en realidad o uno de sus dobles.

El doctor estaba preocupado por la agitación que demostraba el tirano en su sueño intranquilo, con unas convulsiones que no lograba aplacar. Creyó erróneamente que soñaba con el poder, que el deseo era el poder como ideal. La relajación solo iba a conseguirla cuando el deseo se hiciera realidad, aunque desgraciadamente la guerra relámpago que había programado en realidad se había convertido en un pingponear inseguro por ambas partes. Y él era el atacante. ¿Cuándo podría ordenar que volvieran a casa?...

Aparecieron noticias calientes en la maxi-pantalla presidencial, nada tranquilizadoras. La guerra se volvía al revés. El atacado atacaba ahora. El médico intentó olvidarse de las preocupaciones de su paciente y centrarse en sus propias preocupaciones sobre la salud de su presidente. Más problemas.

- ¡No! ¡Malditos! ¡Tenemos que arrasarlos a todos!

- Cálmese, su excelencia. Aún no se sabe bien qué ha pasado.

- ¡Cobardes! ¡A traición, en la retaguardia!

El doctor comprendió que las vías de información del presidente superaban con mucho a las que él podía contemplar. Se resignó a continuar siendo una farmacia ambulante. Tenía que seguir sentado esperando órdenes.

La primera virtud de un tirano si quiere sobrevivir es la desconfianza. Sabía que su reino se basaba en la injusticia. Llevaba años gobernando tras elecciones amañadas. Desde hacía tiempo movía los hilos del país para obtener los resultados que había planeado. Nunca dejaba que un servidor accediera y se interrelacionara directamente con su canal informativo privado, los médicos tampoco.

El atentado en el metro de la capital había creado un caos total en la urbe. La rapidez de reacción del líder indicaba que hasta él llegaba información privilegiada, si no telepática, que solo daría a conocer si hablaba en voz alta.

- Ahora sí que es la guerra. Llamaré a los chechenos.

En la llamada a su doble favorito, desempolvó en aquel instante un maquiavélico plan, ya programado en reserva

Mientras tanto, en la superficie de una tierra en paz, sobre búnkeres de poder, poblados por personas entregadas a la agresión territorial en lugares lejanos, Ucra y Nia se volvían a ver.

- ¿Ahora sois ratas venenosas? – se atrevió a preguntar Nia, temiendo que ahora quisieran hacer de los ratones sus víctimas, independientemente del color de sus ojos.

- Llevamos un tiempo comiendo carne humana. Abunda por estas tierras. Nuestro hambre es voraz. A vosotros, ratones no os tenemos en cuenta, demasiada poca carne.

- Sois los nuevos vampiros.

- Nos hemos vuelto insaciables bebedoras de sangre humana. Aquí podemos atacar a personas sanas, en la zona de guerra era demasiado peligroso, demasiadas armas, pese a abundar los cadáveres entre escombros de edificios derruidos y coches rotos. Pero ¿y vosotros? ¿Qué hacéis aquí? ¿Sois vegetarianos?

- Somos privilegiados. A los humanos les encanta tenernos domesticados. Desgraciadamente el único ratón adulto soy yo. Todos los demás han sido robotizados.

- ¿Así que eres el rey de un ejército de robots?

- Quiero fundar un pueblo de ratones sanos y libres.

- ¿Y solo estás tú?

- Voy a tener muchos hijos.

- Interrumpo – dijo una rata blanca, la más vieja de la manada. Os he oído.

- ¿Puedes ayudarme? – dijo Nia esperanzado.

- Creo que sí. Busca a la bicha de la montaña. Ella tiene el poder de desartificializar a los seres vivos. También a tus ratones-robot.

- Dime dónde vive – pidió el ratón, moviendo la cabeza ya como una brújula.

Esa noche Nia se lanzaba a lo desconocido. Su decisión no se detendría.

- Espera papá. Voy contigo.

Nia no esperaba que su hija, blanca como él y de ojos rojos, indicando que había heredado los genes orgánicos del padre, quisiera acompañarle. Era la primera vez que la fuerza de una voz infantil hacía efecto en su vida y sus planes.

- Es mejor que te quedes, Krani.

- No, debo ir contigo.

- Pero no sé muy bien adónde voy.

- A donde vayas yo iré. Quiero estar contigo.

La noche envolvió a un padre dubitativo al que seguía una niña ratona preguntona en su caminar en búsqueda de lo desconocido.

- ¿Por qué hay guerra humana? – preguntó la preocupada hija - ¿por qué hacen eso? ¿Por qué destruyen y matan? Los humanos no son animales inteligentes. Son muy grandes, tienen muchas cosas de hierro y cemento, pero primero trabajan para construir y luego lo destruyen. ¿Para qué?

- Luchas de poder – resumió el padre.

- ¿Qué? – dijo la hija, que no lograba comprender todavía los términos abstractos.

- No sé cómo explicarlo bien. Es una realidad que me supera. Como te lo diría…

Siguió un silencio expectante. Nia estaba intentando encajar a sus anteriores amos dentro de la hecatombe que se ampliaba día a día cerca de ellos.

- ¿Te sabes el cuento del gato desdentado? – dijo por fin el padre, intentando entretener a su acompañante con algo más comprensible a su edad.

- No papi. Cuenta, cuenta.

- Érase una vez un gatazo blanco de ojos azules, que vivía holgazaneando en la casa de una familia rica. Todos los manjares de la mesa los podía compartir con sus dueños y hacía tiempo que había aprendido a acudir a la llamada del dosificador de su comida, que, grabada por su ama, se oía 2 veces al día. Normalmente estaba harto, si no entriporrado. Tras saciarse, alternaba inviernos en su cama junto al mayor radiador de la casa con veranos tumbado al sol o a la sombra, según la temperatura del día. Pero no siempre llevaba una vida tan aburrida. Cuando sus dueños se cansaban de arrascarle la piel bajo su espesa pelambre, se entretenía intentando cazar algún ratoncillo del jardín, que luego ni se comía…

- ¿Los gatos comen ratones?

- Sí, cuando tienen hambre nuestra carne cruda les atrae, y si están hartos juegan a cazar como si fuéramos una pelota, hasta que nos matan.

- Tendremos que tener cuidado, puede haber gatos por el monte este.

- Sí, gatos monteses, saltan muy alto, son muy veloces y sus uñas, que se preocupan de afilar a diario, pueden atravesarnos el cuerpo en un segundo.

- Qué miedo, papá.

- Así es la vida. Unos vivimos de otros. Nuestra defensa es el escondite. Si ves a alguno métete en el agujero más pequeño que encuentres. Y bien al fondo. Aunque no quepan suelen estirar sus zarpas para atraparnos.

- ¿Mataba muchos ratones?

- No, Era solo su gimnasio. Cuando realmente cambiaba su vida era cuando oía las voces de las gatas en celo queriendo quedarse preñadas.

- Estaba casado?

- No, solo se juntaba con ellas para procrear, para tener gatitos.

- ¿Y tenía muchos hijos?

- Aparte de imaginar por el color de la piel qué crías probablemente eran hijas suyas, no se interesaba nada por sus hijos. Todo el cuidado de las crías hasta que se desceban lo tienen que hacer las madres, los padres no ayudan. Así son los gatos.

- ¡Qué mal padre!

- Cada animal tiene su conducta particular. Las noches que acompañaba a las hembras en celo eran una explosión de sexo y violencia. Era el gato líder, por lo que continuamente debía luchar con otros gatos, mordiendo y arañando donde más dolía al adversario, pues las luchas decidían qué genes pasarían a la siguiente generación. El gato macho ganador de la pelea tendría hijos, el perdedor se quedaría sin descendencia, aunque las gatas no siempre eran fieles al líder.

- ¡Qué injusticia! Tenían que defenderse para tener hijos. Y las camadas serían hijos del más fuerte.

- Así es. Tras los días de celo volvía la paz al barrio, y el orgulloso felino se refugiaba de nuevo en su hogar y comía, tras varios días de ayuno para asegurarse de que seguía dominando a la manada. Normalmente se acercaba a su ama, pidiéndole que lo llevara al veterinario para que le recetara antiinflamatorios y antibióticos que lograran hacer disminuir las heridas que le habían infligido los otros gatos, a veces señales imborrables de por vida. Después, y tras atracarse, dormiría durante días enteros. Pero esa vez su ama se dio cuenta de que le había pasado algo. En las luchas de competencia de macho había perdido los colmillos.

A partir de ese día su estado de macho alfa desapareció para siempre. Ya no era el gato más fuerte, y los demás gatos reiniciaron las luchas de poder, atacando inmisericordemente al gato descolmillado, hiriéndolo al máximo, hasta que huyó para siempre de las reuniones de gatos y gatas, refugiándose en su casa permanentemente, su lugar seguro. Era la venganza, el superagresor ahora era superagredido. Había llegado su vejez, ya nunca competiría con otros machos, vencido para siempre.

- ¿Las personas también son así? ¿Los fuertes dominan a los más débiles?

- Sí, pero tienen una cabeza enorme y luchan por tener más cosas, es más complicado. Cuantas más cosas tienen más quieren. No acaban nunca de querer más. Y cuando no tienen bastante luchan entre ellos.

Reinó el silencio. Krani se quedó meditabunda. Pensó que le tocaba vivir en un mundo demasiado complicado, que nunca llegaría a comprender. Pero era una ratona inquisitiva y su sed por conocer más no acabaría, aunque no llegara a comprender lo que pasaba a su alrededor. Pero su misión primordial entonces era encontrar a la bicha, misión encomendada a su padre.

Fue ella la primera que vio la cabaña. Estaba junto al arroyo, cubierta de ramas y hojas secas, pero indudablemente era algo construido por humanos. Todavía se convencieron más de su origen y uso cuando divisaron sobre el tejado una pequeña placa de metal brillante, donde chocaban y se reflejaban los rayos de sol que lograban atravesar el dosel arbóreo del bosque. No entendían su función pues nunca habían visto semejante artefacto. En la zona el silencio era absoluto, excepto algunos trinos esporádicos de pájaros que no lograban identificar.

Como parecía venir frío, los ratones entraron a la cabaña. No hizo falta buscar alguna ratonera, la puerta estaba abierta y el interior de la cabaña emanaba soledad, silencio y abandono. Por un agujero del techo los rayos del sol iluminaban completamente el suelo. Dentro había una mesa baja y una chimenea que no había sido encendida desde hacía siglos, con antiguas brasas que ya solo eran carbones cubiertos de líquenes, sin ningún recuerdo del fuego que en su día habría convertido la madera en carbón vegetal.

A Krani lo primero que le llamó la atención fue un aparato metálico sobre la mesa. Siendo tan curiosa, no tardó en apoyar las manos sobre una pequeña pantalla cristalina que cubría la parte superior del aparato, una placa solar que brillaba bajo los rayos del sol. Su sorpresa fue mayúscula: una voz humana comenzó a hablar. Ambos ratones se quedaron completamente inmóviles y seguirían escuchando esa voz durante horas:

MANUAL DE DESARTIFICIALIZACIÓN

SECCIÓN 1

ORIGEN, ¿DE DÓNDE VENIMOS? ¿CÓMO ERA LA VIDA ANTES?

En el principio fue la luz. Cuando nació el planeta Tierra, hace 4500 millones de años ya había luz. 700 millones de años después surgió la vida, primero pequeñas células solitarias, que luego se asociarían entre sí formando tejidos y estos a su vez colaborando entre sí darían lugar a plantas y animales. Los seres humanos han aparecido en este planeta muy recientemente, hace 2 millones de años, un 0,04% de la vida total del planeta. Pero si pensamos en el homo sapiens, la única especie humana que ha sobrevivido, a la que yo pertenezco, solo apareció hace 150 000 años, o sea un 0.003% de los años de vida del planeta.

Durante tantos miles de millones de años se fue creaando un mundo maravilloso que ha llegado hasta nuestros días. Sobre un suelo de rocas y tierras blandas se estableció el agua. Grandes océanos y mares de agua salina, lagos, ríos y glaciares, zonas de nieve perpetua formados por agua sin sal. Todavía con menos densidad que el agua, la esfera se cubrió de gases y nubes, formadas por nitrógeno, oxígeno y vapor de agua. Ahí estaba todo lo necesario para que la vida estallara, creando desde los insectos más pequeños a los hongos de micelio, los seres vivos más largos del mundo. Este planeta acoge una diversidad extraordinaria de todo tipo de seres vivos, setas y plantas, animales sin huesos o con huesos, algunos ya extintos hace tiempo, pero otros han sobrevivido a los cambios. Todos vivimos conviviendo en la Tierra, colaborando entre todos para que la vida sea posible y se desarrolle. Gracias a la hipótesis Gaia...

- ¿Y por qué no cuenta la competencia por los recursos naturales? - dijo una voz interrumpiendo el relato.

Nia y Krani se volvieron de inmediato. Al mover los dedos de la pantalla, la grabación se detuvo.

- ¿Quién eres? – preguntó Nia

- Otro como vosotros, ¿no me veis?

- Sí, eres otro ratón, pero no eres igual que nosotros – explicó Krani

- ¡Ya están los racistas! No todos los ratones han de ser blancos y de ojos rojos. Soy de otra raza, me llamo Rur, un verdadero ratón de campo, royo y de ojos negros.

- ¿Qué decías? – interrumpió Nia.

- La fábula ya se acabó. Su Revolución Industrial cambió todo –concluyó Rur.

- ¿Qué? – dijeron los recién llegados.

- Hace 200 años los humanos seguían queriendo ser super animales. Sus enormes construcciones tardaban demasiado en acabarse y el orgullo de ver finalizada la grandiosa obra ideada por un rico constructor a veces solo se podía disfrutar tras su muerte. Pero inventaron las máquinas y el mundo se disparó.

- ¿Máquinas como esas con las que matan? – preguntó Krani.

- Máquinas para todo. Para construir, para vivir sin trabajar. Las armas de matar y destruir también. Los humanos se separaron de la naturaleza, se encerraron en sus ciudades e inventaron la prisa.

- Pero eso no nos afecta a los ratones, ¿verdad?

- Qué más quisiera yo. La depredación humana afecta a todo, al aire, al agua, a la tierra, a todos los seres vivos. Se llaman reyes de la creación, pero yo les llamo asesinos planetarios. Ellos saben ahora que el planeta puede llegar a ser inhabitable. Como los demás planetas que conocemos.

- ¡Qué horror! – exclamó Krani, abriendo bien los ojos. Era una ratona cría y la vida era algo que deseaba experimentar, una vida sana y sincera.

- Solo ves problemas, ratón de campo. Pero yo he vivido con humanos que me han tratado muy bien. Sé que hay humanos que no son asesinos, que aman a los animales, que curan a personas y animales enfermos – fue la respuesta de Nia, antagónica de lo que acababan de oir. Sabía que quien amaba el planeta no querría destruirlo.

- Pon de nuevo la grabación. Las cosas se complican en las sociedades humanas. Y los humanos han cambiado. Sigamos oyendo.

(…)

- SECCIÓN 2

PRESENTE. ¿QUÉ SOMOS? ¿CÓMO SOMOS? ¡CÓMO ES AHORA EL PLANETA?

... ¡No puedo más! – se oyó una voz pesimista en cuanto Krani presionó de nuevo la pantalla.

¿Qué hago aquí? ¿Para qué toda esta complicación en la que tengo que navegar a contracorriente? ¿No hay otra alternativa?

Han pasado más de 200 años del engendro del señor vatio, la máquina de vapor que cambiaría el mundo, un cambio sin vuelta atrás. Aunque al principio las destruían los obreros, los ataques se detuvieron tras varias ejecuciones. Y empezó la época del nuevo humano, realizando cada vez menos esfuerzo y cada vez rodeado de más cosas. Primero tuvo que crear su nuevo mundo, y para ello creó sus siete mandamientos.

1. ***Naturofobia**. Vida civilizada, sin contacto con la Naturaleza. Lo natural está sucio, hay que instalar cemento o plástico que separen al humano de la tierra y las plantas.*
2. ***Ceguera global.** Nos preocupamos únicamente de lo próximo. Los medios de comunicación se encargan de aportar la información necesaria para entretenernos con temas irrelevantes. Los problemas lejanos son solo materia de conversación de los grupos, que favorece su cohesión.*
3. ***Monetarización**. El dinero es la medida de todas las cosas. En cada conflicto humano la razón última es la lucha por tener más dinero.*
4. ***Seguridad social**. El sistema social humano permite asegurar que el llamado nivel de vida, o sea la capacidad de consumo, esté asegurado en todo momento. Para ello, los gobiernos de los países más ricos crean un cuerpo de funcionarios, médicos y profesores que aseguren que la máquina de producción y consumo siga funcionando.*
5. ***Bienestar sedado**. Mejor vida = mínimo esfuerzo. Según van apareciendo los nuevos inventos y*

nuevas máquinas, menos esfuerzo se precisa para vivir. El máximo bienestar se confunde con no hacer, con que te sirvan. Pero la vida en la que te dan todo hecho es fuente de deterioro y extinción mental.

6. ***Hedonismo**. Queremos que la vida sea placentera, buscamos insistentemente placer intenso pero efímero, pero restringimos nuestras posibilidades como seres pensantes. Esta compleja sociedad ya tiene pensado lo que necesitamos y prefiere que solo pensemos en lo que está establecido, que se nos proporciona con total facilidad para hacernos pensar que podemos vivir una vida plena sin tener que pensar.*
7. ***Consumismo**. Para que funcione el sistema económico hay que consumir, es una obligación. Necesidades o caprichos establecen una carrera imparable que no tiene en cuenta las limitaciones terrestres. El final es indudable, los recursos del planeta se acabarán*

Los humanos somos unos animales con sentidos poco especializados. Dejemos aparte el sonar de murciélagos y delfines y la sensibilidad a la temperatura de los ofidios, sentidos que los humanos carecemos. Las águilas ven mejor que nosotros, el oído de los búhos nos supera con mucho, el olfato de los perros es mejor que el nuestro, el gusto de los ratones es muy superior al del mejor connaisseur, y el tacto del topo deja muy atrás al humano. Y no digamos nada de nuestra velocidad comparada con la de tantos animales que nos rodean

Pero con las máquinas los humanos conseguimos superar a todos ellos. Así se estableció la civilización, más y mejor, más fácil y más beneficiosa.

Primero nos separamos del resto de la naturaleza encerrándonos en calles y edificios de cemento y cristal, donde está prohibido que entre el polvo, la tierra y los animales. Cualquier insecto, uno de las 750 000 especies conocidas, dispara la fobia humana, que engloba toda esa riqueza zoológica bajo una sola palabra, bichos. Cualquier intento de pisar la tierra, y más si hay hierba de más de 10 cm, cualquiera de las 300 000 especies de plantas o 600 000 de hongos, echa los pies hacia atrás, provoca el miedo al más allá de la horizontalidad visible urbana, prevaleciendo las historias que nos enseñan los medios sobre setas, escorpiones y serpientes venenosas dedicados a matarnos. Ya no conocemos los nombres de animales y plantas, no comprendemos los sonidos de la naturaleza, resumiendo en la escueta expresión de "bichos y hierbajos" en el cajón de la memoria de nuestro mini alfabetismo natural, supliéndolo por historias de personas irrelevantes, con caras maquilladas en pantallas, que cuentan sus penas, valentías o riquezas.

Las más diversas labores, que constituían la actividad y la vida humana de hace no muchos años, fueron pasando a ser realizadas por máquinas, que así nos permitían pasar el tiempo con nuestros pasatiempos favoritos. La electricidad hizo el resto. Nuestras casas tienen luz hasta en las noches más oscuras, hace girar los motores de cualquier aparato que trabaje para nosotros, sale agua de los grifos, aunque estemos a kilómetros de los ríos, y nuestras cacas desaparecen por un agujero que no sabemos a dónde va. Ahora cuando hace frío calentamos nuestros edificios, cuando hace calor ponemos frío, lavamos con máquina, comemos comida preparada, compramos lo que queremos sin tener que ir a buscarlo, y nos entretenemos con todo tipo de artilugios que estimulan nuestros sentidos. Cuando nos cansamos de estar en casa nos desplazamos rápidamente a cualquier lugar del mundo sin tener que andar, con todo tipo de medios de transporte, incluso volando sin tener alas, y con nuestros coches endiosados. Es un mundo maravilloso, la utopía ya se ha conseguido, eliminando definitivamente la condena de Dios a Adán "Ganarás el pan con el sudor de tu frente". Ya no se suda si no se quiere.

Pero en este mundo feliz de personas ociosas lanzadas a consumir, nuestro sistema monetario tiene truco, siempre hay gente que se queda con la mayor parte, y esa sociedad de ocio solo se puede mantener cuando los menos privilegiados sudan para que los privilegiados puedan disfrutar de su propio ocio sin sudarlo. Para ello el mundo se dividió en dos partes:

- *Equipo A, una minoría de países y personas que van acumulando capital, porque saben ofrecer cosas nuevas y facilitadoras de la pasividad, o para satisfacer nuestras necesidades culturales y sanitarias. Para conseguirlo mantienen costosos sistemas de investigación, cuyo objetivo es encontrar nuevos inventos que les permitan estar a la vanguardia y vender sus productos sin competencia. Beneficio hacia arriba.*
- *Equipo B, la mayoría de países, que no tienen ni los conocimientos ni las posibilidades de dominar, con grandes grupos humanos abocados a emigrar y convertirse en los sufridores del juego civilizado. Limpian edificios, recogen fruta, destruyen y construyen, cuidan ancianos, sirven comida y bebida, cualquier faena que rechazan los del otro equipo. Al hacer que*

trabajen para ellos sienten la evidente satisfacción de saberse superiores, solo por tener más dinero.

Este es el sistema humano civilizado. Día a día los coches van y vienen, las oficinas se abren una vez limpias, los palés de cajas de frutas y verduras se van llenando y llevando al mercado, los camareros se afanan en servir barras y mesas de restaurantes... vida urbana en paz.

Sin embargo, este sistema tiene un punto débil. Siempre más significa más consumo para que haya más producción y más beneficios. Pero el planeta está limitado dentro de una circunferencia de 40 000 km. Y nuestros recursos naturales son limitados. El sistema se logra mantener porque los países del equipo A son una minoría, y el escaso consumo de los del equipo B impide que esas enormes poblaciones bloqueen el movimiento de las fuentes de consumo. No hay para todos, pero como solo consumen unos pocos, por ahora hay suficientes recursos para el equipo A. ¿Hasta cuándo?

- ¡Qué mundo tan increíble el de los hombres máquina! – dijo Krani, deteniendo la grabación - ¡Cómo me gustaría moverme sin tener que andar y comer lo que quisiera sin esperar ni buscar! ¡Qué mundo tan maravilloso!

- Pero las máquinas también comen, y cagan una mierda letal para los seres vivos – le respondió Rur – En la batalla entre la civilización y la Naturaleza la primera va ganando.

- ¡Explícate! – pidió Nia.

- Las máquinas calientan la tierra, ensucian el agua y las innumerables chimeneas y tubos de escape cambian el aire. Ha empezado el camino hacia la extinción. Habrá plantas y animales que mueran, aunque entre tantas especies algunas sobrevivirán, adaptándose al calor o al frío, a las selvas o a los desiertos, a la luz o a la noche… y la vida seguirá. Pero los humanos son únicamente una especie, cada vez más vulnerable. Se están cavando la tumba y lo peor es que los saben.

- ¡No! Su inteligencia no permitirá que se maten a sí mismos – dijo Nia.

- Ya hace tiempo que inventaron la bomba nuclear que lo permite – concluyó con una bomba argumentativa el ratón de campo.

- Un animal con tantas capacidades intelectuales no puede autodestruirse. Siempre estarán sus sabios para encontrar nuevas soluciones a estos problemas – insistió Nia.

- No entiendo bien de qué problemas habláis ni imagino las soluciones que dices, papi – les inquirió Krani, abriendo mucho los ojos y mirando alternativamente a los ratones adultos – dejad que el humano se explique - y volvió a dar al Play.

(…)

SECCIÓN 3 - ¿QUÉ PASARÁ?

- Los mares han comenzado a brillar como nunca lo habían hecho durante millones de años. Sus lupas proceden de montones de ríos, orillas e islas de plástico que flotaban en las aguas. Cuando las olas destruyen ese material inmortal, millones de micro plásticos flotan en las aguas, se elevan al aire y penetran en el aparato respiratorio y digestivo de los seres vivos. La artificialización obligatoria, inconsciente, de la naturaleza debilita lentamente a los

cuerpos y, pese a los avanzadísimos sistemas sanitarios, la vida ahora es un paraíso cercado por alergias, cánceres y pandemias. Las chimeneas y tubos de escape, pese a prohibirse emisiones de humo negro, que asustarían a la población, siguen robando oxígeno y llenando la atmósfera de gases dañinos para la vida. Finalmente, las maxicagadas. Maxicagadas de enormes explotaciones de cerdos, pollos y vacas, que vierten metano y nitrógeno para empobrecer el agua que usamos y el aire que respiramos, desechos industriales de metales, sustancias químicas y compuestos de petróleo que se añaden a las aguas, y a los cuerpos... Es una realidad por todos conocida, por todos producida, es la agresión como sistema de vida, la configuración del bienestar humano.

A pesar, o como consecuencia, de tanto desarrollo, continúan las guerras inter-humanas, que han acompañado y acompañan a la civilización desde el inicio, desde que la sociedad se hizo expansiva. Guerras por la riqueza, guerras por el poder, guerras de depredación, guerras de prestigio... la paz mundial nunca ha dejado de ser una ilusión de idealistas. La destrucción planificada sigue la lógica demoníaca de limitar el aumento de población. El fin de cada guerra significa nuevo desarrollo en el futuro con más posibilidades. Desgraciadamente, las nuevas tecnologías militares aportan mayor eficacia y mayor letalidad contra los países que no se han desarrollado a tal nivel. Los medios de comunicación consiguen audiencias para las noticias de guerra, que crecen en progresión geométrica. El miedo se ha extendido por el planeta, hasta por países y personas lejos de los conflictos, repitiéndose día y noche en las conversaciones las previsiones más alarmantes.

Pero yo, y muchos más, deseamos futuro, queremos solución..."

Un extraño sonido detuvo definitivamente la grabación, haciendo elevar los ojos de los tres roedores hacia el cielo. Sobre los árboles más altos un extraño objeto poliédrico, formado por triángulos truncados, flotaba, giraba y volaba entre los árboles. Exponía una metáfora de la realidad, la técnica dominando la naturaleza, sobrevolando montes, árboles y prados, moviéndose al ritmo de una cambiante música reiterativa, cuya percusión tenía un indudable atractivo para los ratones, que se quedaron completamente inmóviles, embelesados por los sonidos y movimientos del ovni.

Ver y oír Do Matter de Plaid

https://www.youtube.com/watch?v=bfjpo4WbK00

- ¿Qué pasa, papá? – dijo Krani cuando el objeto desapareció con su música.

- Ya no hay futuro, solo hay que esperar un poco para que se haga presente – explicó Nia, pensativo, no muy interesado en dar explicaciones a su pequeña.

- Los humanos piensan emigrar a otros planetas. ¡Qué suerte tendríamos si se fueran todos! La parte negativa es que se decidirán a irse cuando hayan destruido este – confirmó Rur.

- ¿Pueden volar tan alto? – preguntó Krani. Las ideas que le llegaban superaban con mucho sus conocimientos.

- Mira el cielo nocturno – indico con su morro Rur, acostumbrado a ver el cielo en la noche, cuando iniciaba su actividad - Cada puntito de luz que ves es una estrella como el sol, aunque más lejos de la Tierra. Hay tantas estrellas como hojas en los árboles de la taiga, como espigas en el suelo, como hormigas en el mundo… Y alrededor de cada estrella giran planetas. Seguro que hay alguno como el nuestro. Y si no, lo modificarán los humanos, adaptándolo a su servicio. Los mayores guardianes del oro ya están preparando viajes espaciales a Marte, nuestro planeta más cercano, seco y muerto ahora.

- Eso son fantasías de mentes ociosas que no quieren quedarse fosilizadas. No seamos pesimistas. Quiénes han creado tanto no pueden olvidarse que el objetivo de sus inventos es el bienestar de su especie. No van a dejar que su civilización colapse – le reprochó Nia.

- ¿Tenemos futuro, papi? ¿Tienen la solución?

- El problema que tienen es el desequilibrio. Cada vez producen más y consumen más, pero sus energías ensucian el planeta. Además, al final esos recursos se agotarán – explicó machaconamente Nia.

- ¿Y qué pasará entonces? – volvió a preguntar la hija.

- Hay muchas fuentes de energía no contaminantes que no han desarrollado del todo. Piensa en el agua. ¡Hay tanta agua en el mundo! Si supieran usar el hidrógeno, uno de sus componentes, el problema podría estar resuelto. Esperemos.

- De ilusión no se vive – dijo Rur – Míralos. Coches más caros, ropas más lujosas, cremas y peinados inútiles fingiendo eterna juventud. En verano quieren pasar frío y en invierno no pasarlo sin ponerse ropa. Tienen días de 24 horas de luz, con lámparas que nunca se apagan. De cada kilo de comida que consumen derrochan diez de lo que llaman basura. Lo saben, pero no quieren prescindir de ninguno de sus caprichos. Bajo ningún concepto quieren hacer algo para salvar el planeta más allá de pasar unos días de ecosex relajante en vacaciones estéticas en la Naturaleza. No van a cambiar sus hábitos. Van a seguir así pase lo que pase, hasta el apagón final. La vida humana ha llegado a un punto de no retorno para el equipo A. El fin del mundo ya lleva miles de años anunciado en sus libros de fe filosófica. Eso es la realidad. Y esa realidad no se mantiene inalterada, sino que se acrecienta año tras año. "Vivamos el presente, olvidemos los problemas, que trabajen las manos de los otros en lo que no queremos hacer nosotros". Ese es su slogan, es lo que piensan, esa es su realidad.

- No todos piensan igual – le contradijo Nia – También entre ellos hay quienes critican ese hiper consumismo y maltrato al equipo B. Los humanos son variados. Han conseguido maravillas que los roedores solo podemos admirar. También sabrán encontrar nuevos sistemas de vida que limiten la contaminación y aseguren la vida del planeta.

- ¿Qué? ¿La energía nuclear? Eso es lo que están diciendo ahora – se burlaba Rur.

- Encontrarán un sistema de desradiactivación que solucione los fantasmas del pasado – siguió argumentando, desde la postura opuesta, Nia.

- ¿Y que no caliente la atmósfera? Y que no sea para lanzar bombas, ¿verdad? – Rur siguió usando el realismo tradicional, más fácil de argumentar, basándose en la Historia humana.

- Es fácil ser pesimista basándose en el pasado, esperando pasivamente a que llegue la extinción. Supone mayor esfuerzo estar al lado de la ilusión, de la búsqueda de soluciones. Nosotros no pertenecemos a la especie humana, hemos sobrevivido con y contra ellos. Pese a las alarmantes noticias de que están secando el planeta, sobreviviremos porque es la ley de la supervivencia, cuanto más pequeños y más adaptables, más posibilidades de seguir viviendo. Los dinosaurios se extinguieron, pero las salamanquesas viven. También quiero que sobrevivan los humanos, aunque tienen que mirar hacia atrás y hacia la naturaleza. Ya aprenderán a beber agua limpia, a respirar aire puro, a comer alimentos sin plástico y a sumergirse en los prados y bosques, donde pueden vivir como nosotros.

- ¿Pero hay solución de verdad, papá? – dijo Krani.

- Sí, habrá cambios, pero el mundo mejorará. Muchos científicos están pensando y denunciando los problemas, buscan y encontrarán soluciones. Así ha sido siempre en la sociedad humana. Aunque tengan que volverse de nuevo primates humanoides. Nosotros vivamos el presente y preparemos el futuro.

- Eso espero, papi. Me gusta vivir.

- A todos nos gusta. Ahora a seguir nuestra misión, ya casi se me había olvidado.

- ¿Tenemos que buscar a la bicha de la montaña, ¿no?

- Sí, la desartificializadora. Vamos pues a la montaña.

Abandonando la casa, padre e hija iniciaron el ascenso hacia el pico que tenían delante. Los acompañaba Rur, quien les indicaría el lugar más propicio para encontrar a la bicha.

- ¿Tú conoces a la bicha, Rur? – preguntó Krani. El misterio le carcomía por dentro.

- No. He oído hablar de ella a menudo, pero por aquí no se la define de modo tan negativo, tan peligroso. Se la llama la Loca de la Colina.

- ¿Loca? Ya veo que no vamos precisamente de vacaciones relajantes – dijo Nia, temiéndose un encuentro que no iba a aportarle sosiego para sus expectativas. No lograba comprender cómo una bruja o bicha aislada del mundo podía tener la respuesta a la guerra que había dejado atrás.

El camino se empinaba hacia una sierra donde el bosque ocultaba la tierra y adoraba al cielo. Los tres roedores se pasaban el día durmiendo ocultos bajo la pinaza y al llegar la noche caminaban. Etapa tras etapa, poniendo gran atención a las rapaces nocturnas y culebras que buscaban alimentarse. Rur fue esencial para que pudieran sobrevivir. Había sobrevivido a una vida continuamente amenazada por convertirse en presa y conocía la precaución que permitía seguir viviendo a los ratones.

La primera noche caminaron por un estrecho sendero hacía tiempo abandonado por las personas, que habían cambiado sus caballerías adaptadas a los caminos de herradura por modernos tractores que circulaban por las pistas para ruedas.

Llegaron a un claro del bosque, iluminado por una gran luna de verano rodeada de miles de estrellas.

- Esperad. Vamos a ver – dijo Krani, mirando al cielo en total asombro.

Los tres ratones, ahora tumbados sobre la hierba, fueron escudriñando la inmensidad del universo siguiendo la gran cúpula de puntos de luz. El resplandor de la Luna, la niebla alargada de la Vía Láctea, los grupos de estrellas que no lograban asociar al zodiaco, formaban una realidad que les superaba. No sabían que esa luz viajaba a 300.000 Km por segundo, que en un tic tac podría dar casi 8 vueltas al planeta, por lo que la luz que percibían podía proceder de épocas primigenias y de estrellas ya devoradas por los agujeros negros, que lo que no veían eran infinitamente mayor a lo que entonces les estaba impresionando, pero ahí comprendieron por qué los humanos inventaron a los dioses.

Siguiendo los consejos de Rur, fueron siguiendo los caminos más abandonados, donde las ramas de zarzas y las espinas de aliagas ahuyentaban a personas y animales, y suponían una mayor posibilidad de ocultación y mimetización para animales pequeños como ellos.

Aquella noche supieron que habían llegado a su meta. Como todas las noches, en la cima de la colina la loca lanzaba sus soflamas sobre los temas que le preocupaban, lanzándolas al desierto verde, destinadas a los humanos del presente. Eran discursos que nadie oía. Aunque no esa vez.

- Siempre ha habido analfabetos… - se oyó la voz de la bicha, dando comienzo a un discurso de quejas argumentadas. Era la voz de la conciencia tradicional de su cultura, hace tiempo sobrepasada por la tecnología desarrollista.

(Ver El Loco de la Colina)

https://www.youtube.com/watch?v=oRhYw5V05lY

- ¿Qué es leer, papá? –inquirió una vez más Krani.

- Los humanos tenían una obsesión malsana en hacer papel y llenarlo de tinta. A eso le llaman cultura e historia. Allí pueden recordar su pasado y el de sus antecesores – fue la respuesta de Nia.

- Eso es increíble, ¿no? ¿Pueden saber qué pasaba antes?

- Sí. Antes recordaban, aprendían y se divertían con papeles. Pero ahora ya no sirve. Bueno, a nosotros nos sirve para comer y hacer nidos. Hacemos tiras de hojas de papel y preparamos con ellas cómodos nidos para cuando nacéis, tan desvalidos.

- En el campo hay muchos hierbajos, tenemos comida más variada, no necesitamos esos papeles llenos de tinta – fue la puntualización rural del ratón de campo.

- Bueno, pero a eso no hemos venido hasta aquí. Comernos sus papeles no cambia el mundo. Ya veis que ahora eso va desapareciendo. El problema de artificialización actual se basa más en los plásticos – dijo Nia, con intención de redireccionar el tema.

Simplemente querían vivir como ratones, 100% carne y sangre, pelos y huesos. Algo tan obvio estaba dejando de ser un derecho, ni siquiera una posibilidad. La civilización los robotizaba sin ninguna ventaja para ellos. Debían escuchar lo que les iba a decir la loca.

Nia inició la ascensión hacia la voz que oían, ansioso de conocer las nuevas ideas. ¿Habría servido para algo su viaje?

Cuando se acercaban a la cima de la montaña ya habían desaparecido todos los árboles que poblaban esas sierras y las llanuras a sus pies. Sobre un suelo pedregoso y lleno de erizones los tres ratones fueron paseando la vista a 360 grados sobre la panorámica del silencioso verdor que ellos sabían era uno de los pulmones de oxígeno del planeta.

- ¡Es todo verde! – exclamó Krani, admirada ante la impresionante imagen de la taiga que se extendía hasta donde la vista se perdía.

- ¡Todo verde! ¡A tapar de verde! ¡Desiertos verdes, casas verdes, calles verdes, mundo verdeeee…! – se oyó un gran vozarrón que procedía de la cumbre.

Era la loca que había salido de su gruta cuando detectó que otros seres vivos se acercaban. Era una mujer viejísima, de largos cabellos blancos y piel arrugada. Su mirada marcaba la soledad, sus iris inmóviles parecían mirar hacia su propio interior, le solía ser innecesario el contacto visual como medio de comunicación humana. Era una vidente ciega funcional.

- Hola. ¿Tú eres la bicha? – se atrevió a preguntar Nia, cuando los tres viajeros se encontraban frente a la entrada de la gruta.

- Así me llaman. Mal van las cosas por ahí abajo para que unos ratones vengan hasta aquí. Seguro que tenéis problemas, tenéis preguntas y buscáis soluciones.

- Somos hijos de la guerra. Los humanos se están destruyendo entre ellos. Necesitamos tu ayuda. Queremos cuidar el planeta. Está hirviendo. Las plantas se secan, no hay alimentos para ellos, se bombardean, destruyen edificios, se matan entre sí... ¡Tú eres humana! Dinos qué se puede hacer – suplicó Nia.

- Hace tiempo que me bajé de ese tren desbocado que va a chocar seguro. Pero aún no sé cuándo. Pero, ¿para qué queréis a los humanos? Os cazan y envenenan. ¿Viviríais peor sin ellos?

- Yo soy un ratón de campo. Sé que se puede vivir mejor sin ellos. Pero han invadido todo el planeta, y si se extinguen los demás animales nos extinguiremos con ellos. Debe haber una alternativa para detener esa locura – dijo Rur.

- Hace tiempo que inventaron el reciclaje y la sostenibilidad, pero no saben prescindir de sus inventos y bienestar dopado. Hablan de revertir el consumismo y a la vez hacen lo contrario. Debéis saber que la hipocresía es la reina de la humanidad – siguió opinando la loca con su tono descreído y que ella desgraciadamente consideraba real.

- Pero las personas son muy inteligentes. ¿Cómo van a dejar que colapse el planeta? Ellos perderían todo también, hasta su vida – argumentó la pequeña Krani.

- Sí, muy inteligentes, hasta han inventado la inteligencia artificial que pronto sustituirá a la inteligencia natural, volviéndolos consumidores amorfos. El problema es muy grave. Han de echar marcha atrás, vivir consumiendo menos, contaminando menos, usando menos energía… pero la población mundial sigue aumentando, pronto seremos más de 8000 millones de personas. ¿Es posible que cada vez más personas consuman cada vez menos? Imposible. Hasta ahora a eso se le llamaba guerra. Matar, destruir, para que el ganador pueda hacer que gire de nuevo la rueda de la economía. Los más poderosos ya se están construyendo sus bunkers exclusivos.

Entre los cuatro reinó un silencio triste. Nia pensó que la loca no iba a aportar soluciones. Su realismo se nutría del pesimismo de un mundo que demostraba conocer bien pese a su aislamiento.

- ¡Ha empezado la guerra nuclear! – se oyó cerca de ellos.

Una rata se acercaba a toda velocidad. Era Ucra, la mensajera de la bicha. Se detuvo jadeando y miró a todos. Sus ojos relucían. La radiactividad había logrado crear otra nueva especie.

- Están apostando fuerte. La radiactividad está achicharrando a los habitantes de muchas metrópolis. Las explosiones se han extendido a las ciudades de los aliados de uno u otro bando. No funciona la electricidad. El sol quema. La gente huye al campo. El planeta sufre. Es un toma y daca cada vez menos calculado, una orgía de sangre provocada por las mejores armas de última generación. Todos han perdido la guerra.

- ¿Qué está pasando? – dijo Krani, consciente de la gravedad de la noticia.

- Ha llegado el Apocalipsis. Todo tiene su fin – fue la conclusión catastrofista de la Loca.

- No, no podemos dejar que todo esto se acabe. Danos por lo menos una pista para sobrevivir – replicó exasperado Nia.

- Habrá grandes calamidades, grandes tragedias de masas. El mundo técnico acabará desenergizado y radiactivado. Pero no es el fin. Mirad aquí a vuestro alrededor. ¿Qué nos importa? Simplemente necesitáis desartificializar sobre las ruinas del mundo de cemento. La experiencia de asilvestración urbana ya se dio en Chernobil, demostrando que la naturaleza siempre triunfa.

En su camino de vuelta hacia la comunidad de donde partió, Nia iba pensando en la extraña época en la que le tocaba vivir. Su hija había decidido quedarse a vivir con Rur en su mundo salvaje ya que las noticias urbanas eran aterradoras: apagón general, depredación extendida hasta sus más impensables límites, tecnología inservible afectada por la radiactividad, huida al campo… Ahora las reinas de las urbes eran las nuevas ratas radiactivas de ojos resplandecientes que, habiéndose adaptado perfectamente al plutonio, desarrollaban una vida plena, alimentándose de sangre humana, la mayor delicia para ellas, que ponía fácilmente a su disposición la sociedad humana moribunda.

Nia aún tuvo que ver como los nuevos líderes invadían los antiguos centros de poder y de dinero, para seguir muriendo entre metales, plásticos y cristal.

Pero los emigrados a la naturaleza aprendieron a vivir en equilibrio con ella y nuevas y pujantes comunidades florecieron por todo el planeta. Habían aprendido. Y la vida continuó, borrando su infausto pasado.

FIN DE LOS CUENTOS

GLOSARIO

LOCALISMOS Y *NEOLOGISMOS*

ADORMILADO = casi dormido
ALMEAR = poder del personaje Almar de crear oro con su mirada
AMORRARSE = Ponerse a beber agua directamente de un río o fuente, sin vaso.
ANDARRÍA = lavandera (pájaro)
ARRASCAR = rascar
ASTRICIA = estado cuando se come demasiado. (Comer a astricia)
ATRACARSE = comer exageradamente.
AUDIOPOEMA = poema trasmitido por vía oral
AULLIDESCOS = como aullidos
BADINA = zona con algas en un río, balsa de riego o charca
BOQUETE = agujero en una construcción
BOSQUISMO = hobby de estar en contacto con los bosques.
CAGANIDOS = cría más pequeña de la nidada de pájaros, con dificultad para sobrevivir
CAGUERILLA = diarrea
CAPOLADERA = Antigua trituradora usada para picar carne
CAPOLAR = triturar carne / Estropear
CASCAR = romper
DESARTIFICIALIZAR = Volver más natural algo o a alguien
DESESTANQUIZAR = hacer que un edificio deje de ser estanco
DESRADIACTIVAR = eliminar la radiactividad del ambiente

DESVEZAR = destetar
ECOSEX = sexo relajante en la naturaleza
ENGÜERAR = incubar
ENTRIPORRADO = con molestias de opresión estomacal por comer demasiado
ESCOPETERO = cazador con escopeta
ESCUCHIMIZADO = delgaducho
FIEMO = estiércol
GALIPUENTE = puente hecho de madera, hueco bajo ese puente.
HOMELESS = (anglicismo) sin techo
HORMA = muro (vasco)
HORNACHERO/A = quien se dedica a mantener en funcionamiento continuo un horno de leña
HUNDIDO (N) = edificio en ruinas, sin tejado
MADRILLA = pequeño pez de río
MAXICAGADA = vertido exagerado de orina y heces de macro-granjas.
MISTOS (N) = pequeñas cantidades de fósforo sobre una tira de cartón que se utilizaba para juegos infantiles y para envenenar animales dañinos al agricultor.
NOGUERA = nogal
PANIZO = maíz
PARIAS = (matriz tras nacer el bebé)
PICARAZA = urraca
PICARAZO = cría de la urraca
PINGARSE = encaramarse, subirse (levantar las patas delanteras)
PINGPONEAR = pasar el problema de uno a otro, "pasarse la pelota"
PINOCHA = mazorca de maíz
PLANTAINA = llantén
POZA = parte profunda y amplia de un río
PRAU = prado
RADER = roer
RIJOLETA = caracola con concha de vistosos colores.

SAYAS = faldas
SUNSIDO = fruta arrugada por estar demasiado tiempo en el árbol o faltarle savia
TAPONERA = lugar de una balsa de riego donde se pone el tapón para cerrar
TOCINO = cerdo
TOQUITEO = caricias, a veces no aceptadas de buen grado.
ZORRERA = hoguera con demasiado humo, muy molesta.
ZURRAPAS = algas de agua dulce

LISTA DE PERSONAJES

Adán, serpiente pitón macho
Almar, niña de hermosos ojos
Cacol, caracol no reproductor llevado a la ciudad
Chipi chipi, cardelín
Fifí: perra caniche
Fina, ama del perro Rudo
Heron, garza
Jana, joven aragonesa
Krani, ratona hija de Nia
Laidamar, niña
Lala, nieta
Laura, abuela
Luna, criada de un conde
Miherba, chica joven
Nake, bruja culebra del río
Nia/Byeli, ratón doméstico
Nice, gata
Nought: influencer de más éxito en los medios.
Ñanñam: nombre supuesto de Reyn puesto por el influencer.
Raca, picaraza hembra
Renarda: zorra habitante del basurero de la ciudad y jefa de la comunidad de animales.
Reyn: cachorro hijo de Renarda
Rudo, perro
Rur, ratón de campo
Silfi, libélula
Toa, sapo consejero de Nake
Turrurún, pájaro carpintero
Ucra, rata salvaje
Urra, picaraza macho
Verde: youtuber ecologista

REFLEXIÓN FINAL

"No hay peor final que el silencio del fracaso"

Nos rodea el silencio humano bajo el ruido urbano al que llamamos realidad y tradición.

Es el silencio que debemos interpretar como rechazo, desinterés y desconexión social.

Es el silencio hacia quienes buscan y hacen de la búsqueda el sentido de su vida, porque para muchxs la búsqueda resulta innecesaria, utópica o fracasada tras haber encontrado un trabajo y un encaje social, para así llevar una vida mayoritaria liderada hacia el prestigio, que crea la fácil felicidad de figurar dentro de las acciones de "todo el mundo".

Silencio de creadorxs, zambulléndose en habitaciones solitarias en el mundo recurrente del pensamiento, con su mirada lanzada al vacío que les permite captar nuevas figuras inexistentes hasta entonces, mientras en torno a ellxs va discurriendo el ruido del tráfico, la marcha inexorable del tiempo.

Silencio de escritorxs fracasadxs, que comprueban cómo se disipan sus ilusiones de que sus ideas lleguen a conectar con lectores desconocidos, que aprecien su esfuerzo y lo incorporen a su vida, sin otra opción que soñar en ser escritorxs del futuro, aunque consideren mucho más probable que su voz se apague y sus obras acaben tiradas en el contenedor del rastro, cuando el recolector de basuras no las haya vendido y le molesten en casa. Al final las hojas de sus libros solo las pasará el viento en las escombreras.

Silencio de singles, descabalgadxs de intentos anteriores de inclusión social como parejas y familias de las de ir cogidxs de la mano por la calle, rechazando ser incluidos como impares en actos sociales de grupos primarios.

Silencios de rechazo y desagrado, ocultos en las conversaciones cuyo objetivo es la cohesión social entre personas, mantenida superando años de evolución hacia posturas diferentes, que se aparcan para poder seguir manteniendo los lazos que se iniciaron hace mucho tiempo.

Hay silencios en los chats y posts, bloqueos o cambios de canal para escribir sin que lo pueda leer la persona silenciada, un eficiente ahorro de neuronas que supera con mucho a los hates con afán protagonista.

También hay silencios de ingresadxs en residencias de ancianxs, personas que han de superar con las horas de comida la insostenible amargura de permanecer vivxs en vía muerta hasta que se les pare el corazón, con solo el recuerdo de su pasado autónomo, acompañadxs de gente de su generación, que han ido muriendo o se han perdido en la distancia; cuando su prole, se han olvidado de ellxs. Guardan en su ser el sentido de injusticia pleno. Sienten que lxs usaron y tiraron al pozo aislante cuando no les eran útiles.

También existen silencios duraderos tras discusiones y conflictos que es difícil olvidar e imposible resolver, convertidos en un “no nos hablamos”, que perdurarán una generación.

Pero los mayores silencios son los de lxs inmigrantes llegadxs con una lengua madre diferente al del país soñado, a quienes les es imposible convertir sus ideas en comunicación verbal, forzadxs a un estado social y laboral de obligada subnormalidad, mientras contemplan los gestos de superioridad general, independientemente de su nivel mental, de lxs “cristianxs viejxs” nativxs.

¿Sientes o has sentido estos silencios? ¿Cómo los enfocas en tu presente? ¿Te sientes silenciadx? ¿O sueles silenciar situaciones que rompan tu armonía social?

El silencio aísla, pero permite crear ideas, que luego se hacen palabras. Es el viento de la creación. Es el combustible que vibra en la soledad. Es un espacio para compartir el mundo consigo mismo.

FIN

ANEXO: FLORA Y FAUNA DE MI TIERRA

Rhinolophus hipposideros
ARAGONÉS Murziacalo
CASTELLANO Murciélago
CATALÁN DE ARAGÓN Muricec, rata empenada
Crocidura russula
ARAGONÉS Moregón
CASTELLANO Musaraña
CATALÁN DE ARAGÓN Fariganya
Elyomis quercinus
ARAGONÉS Mincharra, rata fillarda
CASTELLANO Lirón careto
CATALÁN DE ARAGÓN Rata cillarda
Ursus arctos
ARAGONÉS Onso
CASTELLANO Oso
CATALÁN DE ARAGÓN Onso
Meles meles
ARAGONÉS Tasugo, teixon
CASTELLANO Tejón
CATALÁN DE ARAGÓN Teixó
Mustela nivalis
ARAGONÉS Paniquesa
CASTELLANO Comadreja
CATALÁN DE ARAGÓN Mustela
Genetta genetta
ARAGONÉS Chineta
CASTELLANO Gineta, jineta
CATALÁN DE ARAGÓN Gineta
Sus scrofa
ARAGONÉS Chabalín
CASTELLANO Jabalí
CATALÁN DE ARAGÓN Jabalí
Rupicapra pyrenaica
ARAGONÉS Sarrio, isarzo
CASTELLANO Rebeco
CATALÁN DE ARAGÓN Isard
Marmota marmota
ARAGONÉS Marmota, marma
CASTELLANO Marmota
CATALÁN DE ARAGÓN Marmota
Erinaceus europaeus
ARAGONÉS Arizón
CASTELLANO Erizo
CATALÁN DE ARAGÓN Eriçó, arisó
Rana pyrenaica
ARAGONÉS Rana pirinenca
CASTELLANO Rana pirenaica
CATALÁN DE ARAGÓN Granota pirinenca

Printed in Great Britain
by Amazon